萧红文集

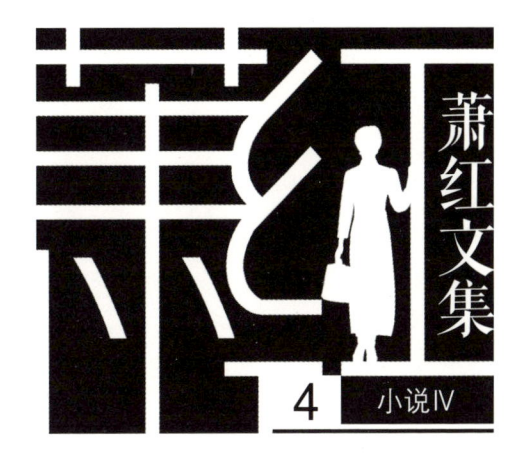

4 小说Ⅳ

山东城市出版传媒集团·济南出版社

图书在版编目(CIP)数据

萧红文集.小说.Ⅳ/萧红著.—济南:济南出版社,2020.10
ISBN 978-7-5488-3625-4

Ⅰ.①萧…　Ⅱ.①萧…　Ⅲ.①小说集－中国－现代　Ⅳ.① I216.2

中国版本图书馆 CIP 数据核字(2019)第 107566 号

出 版 人	崔　刚
责任编辑	胡长粤　李　媛
实习编辑	刘秋娜
装帧设计	胡大伟

出版发行	济南出版社
地　　址	济南市二环南路 1 号(250002)
发行电话	(0531)68810229　82924885　67817923
经　　销	各地新华书店
印　　刷	山东临沂新华印刷物流集团有限责任公司
版　　次	2021 年 1 月第 1 版
印　　次	2021 年 1 月第 1 次印刷
成品尺寸	145mm×210mm　32 开
印　　张	46.75　本册印张　7.125
字　　数	972 千
定　　价	328.00 元(全六册)

(济南版图书,如有印装质量问题,请与印刷厂联系调换)

弃儿

芹到窗口吸些凉爽的空气,她破旧褴衫的襟角在缠着她的膝盖跳舞(P16)

渺茫中

　　母亲在焦听这足音,宝宝却哭了!他不晓得母亲的心(P80)

家族以外的人

  他把箱子翻了好几次：红色的椅垫子，蓝色粗布的绣花围裙……女人的绣花鞋子……还有一团滚乱的花色的线，在箱子底上还躺着一只湛黄的铜酒壶（P119）

家族以外的人

  冬天一来了的时候,那榆树的叶子,连一棵也不能够存在,因为是一棵孤树,所有从四面来的风,都摇得到它(P146)

逃难

所以何南生这一家人,在他领导之下,五点二十分钟才全体到了车站,差一点没有赶上火车——火车六点开(P160)

黄河

　　阎胡子把酒杯又倒满了,他看着杯子底上有些泥土,他想,这应该倒掉而不应该喝下去(P176)

小城三月

河冰化了,冰块顶着冰块,苦闷地又奔放地向下流。乌鸦站在冰块上寻觅小鱼吃,或者是还在冬眠的青蛙(P201)

小城三月

不一会到了市里,满路花灯,人山人海(P217)

小说 IV

【目录】

1　王阿嫂的死

12　弃儿

29　看风筝

36　腿上的绷带

44　太太与西瓜

46　两个青蛙

51　哑老人

58　广告副手

71　叶子

75　清晨的马路上

80　渺茫中

82　马房之夜

[目录] 小说 IV

90　王四的故事

96　牛车上

108　红的果园

112　家族以外的人

151　亚丽

156　逃难

165　黄河

178　后花园

201　小城三月

王阿嫂的死

一

草叶和菜叶都蒙盖上灰白色的霜,山上黄了叶子的树,在等候太阳。太阳出来了,又走进朝霞去。野甸上的花花草草,在飘送着秋天零落凄迷的香气。

雾气像云烟一样蒙蔽了野花、小河、草屋,蒙蔽了一切声息,蒙蔽了远近的山岗。

王阿嫂拉着小环,每天在太阳将出来的时候,到前村广场上给地主们流着汗;小环虽是七岁,她也学着给地主们流着小孩子的汗。现在春天过了,夏天过了……王阿嫂什么活计都做过,拔苗、插秧。秋天一来到,王阿嫂和别的村妇们都坐在茅檐下用麻绳把茄子穿成长串长串的,一直穿着。不管蚊虫把脸和手搔得怎样红肿,也不管孩子们在屋里喊妈妈吵断了喉咙。她只是穿啊,穿啊,两只手像纺纱车一样,在旋转着穿……

第二天早晨,茄子就和紫色成串的铃铛一样,挂满了王阿嫂家的前檐；就连用柳条编成的短墙上也挂满着紫色的铃铛。别的村妇也和王阿嫂一样，檐前尽是茄子。

可是过不了几天，茄子晒成干菜了，家家都从房檐把茄子解下来，送到地主的收藏室去。王阿嫂到冬天只吃着地主用以喂猪的烂土豆，连一片干菜也不曾进过王阿嫂的嘴。

太阳在东边照射着劳工的眼睛，满山的雾气退出，男人和女人，在田庄上忙碌着。羊群和牛群在野甸子间，在山坡间，践踏并且寻食着秋天半憔悴的野花野草。

田庄上只是没有王阿嫂的影子，这却不知为了什么。竹三爷每天到广场上替张地主支配工人。现在竹三爷派一个正在拾土豆的小姑娘去找王阿嫂。

工人的头目愣三抢着说：

"不如我去得好，我是男人走得快。"

得到竹三爷的允许，不到两分钟的工夫，愣三就跑到王阿嫂的窗前了。

"王阿嫂，为什么不去做工呢？"

里面接着就是回答声：

"叔叔来得正好，求你到前村把五妹子叫来，我头痛，今天不去做工。"

小环坐在王阿嫂的身边，她哭着，响着鼻子说："不是呀！我妈妈扯谎，她的肚子太大了！不能做工，昨夜又是整夜地哭，不知是肚子痛还是想我的爸爸。"

王阿嫂的伤心处被小环击打着，猛烈地击打着，眼泪都从眼眶转到嗓子里面去。她只是用手拍打着小环，她急性的，意思是不叫小环再说下去。

李愣三是王阿嫂男人的表弟,听了小环的话,像动了亲属情感似的,跑到前村去了。

小环爬上窗台,用她不会梳头的小手,在给自己梳着毛蓬蓬的小辫。邻家的小猫跳上窗台,蹲踞在小环的腿上,猫像取暖似的迟缓地把眼睛睁开,又合拢来。

远处的山反映着种种样的朝霞的彩色。山坡上的羊群、牛群,就像小黑点似的,在云霞里爬走。

小环不管这些,只是在梳自己毛蓬蓬的小辫。

二

在村里,五妹子、愣三、竹三爷都是公共的名称,但凡佣工阶级都是这样简单而不变化的名字。这就是工人阶级一个天然的标识。

五妹子坐在王阿嫂的身边,炕里蹲着小环,三个人在寂寞着。后山上不知是什么虫子,一到中午,就吵叫出一种不可忍耐的幽默和凄怨情绪来。

小环虽是七岁,但是就和一个少女般的会忧愁,会思量。她听着秋虫吵叫的声音,只是用她的小嘴在学着大人叹气。这个孩子也许因为母亲死得太早的缘故?

小环的父亲是一个雇工,在她还没生下来的时候,她的父亲就死了。在她五岁的时候她的母亲又死了,她的母亲是被张地主的大儿子张胡琦强奸后气愤而死的。

五岁的小环,开始做个小流浪者了。从她贫苦的姑家,又转到更贫苦的姨家。结果因为贫苦,不能养育她,最后她在张地主家过了一年煎熬的生活。竹三爷看不惯小环被虐待的苦处。当一天王阿嫂到张家去取米,小环正被张家的孩子们将鼻子打破,满脸是血时,王阿嫂把米袋子丢落在院心,走近小环,给她擦着眼泪和血。小环哭着,王阿嫂也哭了。

由竹三爷做主,小环从那天起,就叫王阿嫂做妈妈了。那天小环是扯着王阿嫂的衣襟来到王阿嫂的家里。

后山的虫子,不间断地,不曾间断地在叫。王阿嫂擤着鼻涕,两腮抽动,若不是肚子凸出,她简直瘦得像一条龙。她的手也正和爪子一样,因为拔苗割草而骨节突出。她的悲哀像沉淀了的淀粉似的,浓重并且不可分解。她在说着她自己的话:

"五妹子,你想我还能再活下去吗?昨天在田庄上张地主是踢了我一脚。那个野兽,踢得我简直发晕了,你猜他为什么踢我呢?早晨太阳一出就做工,好身子倒没妨碍,我只是再也带不动我的肚子了!又是个正午时候,我坐在地梢的一端喘两口气,他就来踢了我一脚。"

擤一擤鼻涕又说下去:

"眼看着他爸爸死了三个月了,那是刚过了五月节的时候,那时仅四个月,现在这个孩子快生下来了。咳!什么孩子,就是冤家,他爸爸的性命是丧在张地主的手里,我也非死在他们的手里不可,我想谁也逃不出地主们的手去!"

五妹子扶她一下,把身子翻动一下:

"哟,可难为你了!肚子这样你可怎么在田庄上爬走啊?"

王阿嫂的肩头抽动得加速起来。五妹子的心跳着,她在悔恨地跳着,她开始悔恨:

"自己太不会说话,在人家最悲哀的时节,怎能用得着十分体贴的话语来激动人家悲哀的感情呢?"

五妹子又转过话头来:

"人一辈子就是这样,都是你忙我忙,结果谁也不是一个死吗?早死晚死不是一样吗?"

说着她用手巾给王阿嫂擦着眼泪,揩着她一生流不尽的眼泪:

"嫂子你别太想不开呀!身子这种样,一劲忧愁,并且你看着小环也该宽心。那个孩子大,知好歹了。你忧愁,你哭,孩子也跟着忧愁,跟着哭。倒是让我做点饭给你吃,看外边的日影快晌午了。"

五妹子心里这样相信着:

"她的肚子被踢得胎儿活动了!危险……死……"

她打开米桶,米桶是空的。

五妹子打算到张地主家去取米,从桶盖上拿下个小盆。王阿嫂叹息着说:

"不要去呀!我不愿看他家那种脸色,叫小环到后山竹三爷家去借点吧!"

小环捧着瓦盆爬上坡,小辫在脖子上甩嗒甩嗒地走向山后去了。山上的虫子在憔悴的野花间,叫着憔悴的声音啊!

三

　　王大哥在三个月前给张地主赶着起粪的车，因为马腿给石头砸断，张地主扣了他一年的工钱。王大哥气愤至极，整天醉酒，夜里不回家，睡在人家的草堆上。后来他简直疯了，看着小孩子也打，狗也打，并且在田庄上乱跑、乱骂。张地主趁他睡在草堆的时候，遣人偷着把草堆点着了。王大哥在火焰里翻滚，在张地主的火焰里翻滚，他的舌头伸在嘴唇以外，他号叫出不是人的声音来。

　　有谁来救他呢？穷人连妻子都不是自己的。王阿嫂只是在前村田庄上拾土豆，她的男人却在后村给人家烧死了。

　　当王阿嫂奔到火堆旁边，王大哥的骨头已经烧断了。四肢脱落，脑壳竟和半个破葫芦一样，火虽熄灭，但王大哥的气味却在全村飘漾。

　　周围看热闹的人们，有的擦着眼睛说：

　　"死得太可怜！"

　　也有的说：

　　"死了倒好，不然我们的孩子要被这个疯子打死呢！"

　　王阿嫂拾起王大哥的骨头来，裹在衣襟里，紧紧地抱着，发出滔天的哭声来。她的凄惨泌血的声音，飘过草原，穿过树林的老树，直到远处的山间，发出回响来。

　　每个看热闹的女人，都被这个滴着血的声音诱惑得哭了。每个在哭的妇人都在生着错觉，就像自己的男人被烧死一样。

别的女人把王阿嫂怀里紧抱着的骨头，强迫她丢开，并且劝说着：

"王阿嫂你不要这样啊！你抱着骨头又有什么用呢？要想后事。"

王阿嫂不听别人的，她看不见别人，她只有自己。把骨头又抢着疯狂地包在衣襟下，她不知道这骨头没有灵魂，也没有肉体，一切她都不能辨明。她在王大哥死尸被烧的气味里打滚，她向不可解脱的悲痛用尽全力地哭啊！

满是眼泪的小环脸转向王阿嫂说：

"妈妈，你不要哭疯了啊！爸爸不是因为疯了才被人烧死的吗？"

王阿嫂她听不到小环的话，鼓着肚子，涨开肺叶般的哭。她的手撕着衣裳，她的牙齿在咬着嘴唇。她和一匹吼叫的狮子一样。

后来张地主手提着蝇拂，像一只阴毒的老鹰一样，振动着翅膀，眼睛突出，鼻子向里勾曲着，调着他那有尺寸的阶级的步调从前村走来，用他压迫的口腔来劝说王阿嫂：

"天快黑了，还一劲哭什么？一个疯子死就死了吧，他的骨头有什么值钱！你回家做你以后的打算好了。现在我遣人把他埋到西岗子去。"

说着他向四周的男人们下了个口令：

"这种气味……越快越好！"

妇人们的集团在低语：

"总是张老爷子，有多么慈心；什么事情，张老爷子都是帮忙的。"

王大哥是张老爷子烧死的,这事情妇人们不知道,一点不知道。田庄上的麦草打起流水样的波纹,烟筒里吐出来的炊烟,在人家的房顶上旋卷。

蝇拂子摆动着吸人血的姿式,张地主走回前村去。

穷汉们,和王大哥同类的穷汉们,摇扇着阔大的肩膀,王大哥的骨头被运到西岗上了。

四

三天过去了,五天过去了,田庄上不见王阿嫂的影子,拾土豆和割草的妇人们嘴里念叨这样的话:

"她太艰苦了!肚子那么大,真是不能做工了!"

"那天张地主踢了她一脚,五天没到田庄上来。大概是孩子生了,我晚上去看看。"

"王大哥被烧死以后,我看王阿嫂就没心思过日子了。一天东哭一场,西哭一场的,最近更厉害了!哪天不是一面拾土豆,一面流着眼泪!"

又一个妇人皱起眉毛来说:

"真的,她流的眼泪比土豆还多。"

另一个又接着说:

"可不是吗?王阿嫂拾得的土豆,是用眼泪换得的。"

热情在激动着,一个抱着孩子拾土豆的妇人说:

"今天晚上我们都该到王阿嫂家去看看,她是我们的同类呀!"

田庄上十几个妇人用响亮的嗓子在表示赞同。

张地主走来了,她们都低下头去工作着;张地主走开,她们又都抬起头来。就像被风刮倒的麦草一样,风一过去,草梢又都伸立起来。她们说着方才的话:

"她怎能不伤心呢?王大哥死时,什么也没给她留下。眼看又来到冬天,我们虽是有男人,怕是棉衣也预备不齐。她又怎么办呢?小孩子若生下来她可怎么养活呢?我算知道,有钱人的儿女是儿女,穷人的儿女,分明就是孽障。"

"谁不说呢?听说王阿嫂有过三个孩子都死了!"

其中有两个死去男人的妇人,一个是年轻的,一个是老太婆。她们想起自己的事,老太婆想着自己男人被轧死的事,年轻的妇人想着自己的男人吐血而死的事,只有这俩妇人什么也不说。

张地主来了,她们的头就和向日葵似的在田庄上弯弯地垂下去。

小环的叫喊声在田庄上、在妇人们的头上响起来:

"快……快来呀!我妈妈不……不能,不会说话了!"

小环是一个被大风吹着的蝴蝶,不知方向,她惊恐的翅膀痉挛地在振动;她的眼泪在眼眶里急得和水银似的不定型地滚转;手在捉住自己的小辫,跺着脚、破着声音喊:

"我妈……妈怎么了……她不说话……不会呀!"

五

等到村妇挤进王阿嫂屋门的时候,王阿嫂自己已经在炕上发出她最后沉重的嚎声,她的身子早被自己的血浸染着,同时在血泊里也有一个小的、新的动物在挣扎。

王阿嫂的眼睛像一个大块的亮珠,虽然闪光而不能活动。她的嘴张得怕人,像猿猴一样,牙齿拼命地向外突出。

村妇们有的哭着,也有的躲到窗外去,屋子里散散乱乱,扫帚、水壶、破鞋,满地乱摆。邻家的小猫蹲缩在窗台上。小环低垂着头在墙角间站着,她哭,她是没有声音地在哭。

王阿嫂就这样死了!新生下来的小孩,不到五分钟也死了!

六

月亮穿透树林的时节,棺材带着哭声向西岗子移动。村妇们都来相送,拖拖落落,穿着种种样样擦满油泥的衣服,这正表示和王阿嫂同一个阶级。

竹三爷手携着小环走在前面,村狗在远处惊叫。小环并不哭,她依持别人,她的悲哀似乎分给大家担负似的,她只是随了竹三爷踏着贴在地上的树影走。

王阿嫂的棺材被抬到西岗子树林里,男人们在地面上掘坑。

小环,这个小幽灵,坐在树根下睡了。林间的月光细碎地飘落在小环的脸上,她两手扣在膝盖间,头搭在手上,小辫在脖子上给风吹动着,她是个天然的小流浪者。

棺材和着月光埋到土里了,像完成一件工作似的,人们扰攘着。

竹三爷走到树根下摸着小环的头发:

"醒醒吧,孩子,回家了!"

小环闭着眼睛说:

"妈妈,我冷呀!"

竹三爷说:

"回家吧!你哪里还有妈妈?可怜的孩子别说梦话!"

醒过来了,小环才明白妈妈今天是不再搂着她睡了。她在树林里,月光下,妈妈的坟前,打着滚哭啊……

"妈妈……你不要……我了!让我跟跟跟谁睡……睡觉呀?"

"我……还要回到……张……张张地主家去挨打吗?"她咬住嘴唇哭。

"妈妈,跟……跟我回……回家吧……"

远近处颤动着小姑娘的哭声,树叶和小环的哭声一样交接地在响,竹三爷同别的人一样在擦揉眼睛。

林中睡着王大哥和王阿嫂的坟墓。

村狗在远近的人家吠叫着断续的声音……

(写于1933年5月21日,署名悄吟,首刊于何处不详)

弃儿

一

水就像远天一样,没有边际地漂漾着,一片片的日光在水面上浮动着。大人、小孩和包裹都呈青绿颜色,安静的不慌忙的小船朝向同一的方向走去,一个接着一个……

一个肚子凸得馒头般的女人,独自在窗口望着。她的眼睛就如一块黑炭,不能发光,又暗淡,又无光,嘴张着,胳膊横在窗沿上,没有目的地望着。

有人打门,什么人将走进来呢?那脸色苍苍,好像盛满面粉的布袋一样,被人挪了进来的一个面影。这个人开始谈话了:"你倒是怎么样呢?才几个钟头水就涨得这样高,你看不见?一定得有条办法,太不成事了,七个月了,共欠了四百块钱。王先生是不能回来的。男人不在,当然要向女人算账……现在一定不能再没有办法了。"正一正帽头,抖一抖衣袖,他的衣裳又像一条被倒空了的布袋,平板的,没有皱纹,只是眼眉往高处抬了抬。

女人带着她的肚子,同样地脸上没有表情,嘴唇动了动:"明天就有办法。"她望着店主脚在衣襟下迈着八字形的步子,鸭子样地走出屋门去。

她的肚子不像馒头,简直是小盆被扣在肚皮上,虽是长衫怎样宽大,小盆还是分明地显露着。

倒在床上,她的肚子也被带到床上,望着棚顶,由马路间小河流水反照在水面,不定型地乱摇,又夹着从窗口不时冲进来嘈杂的声音。什么包袱落水啦!孩子掉下阴沟啦!接续的,连绵的,这种声音不断起来,这种声音对她似两堵南北不同方向立着的墙壁一样,中间没有连锁。

"我怎么办呢?没有家,没有朋友,我走向哪里去呢?只有一个新认识的人,他也是没有家呵!外面的水又这样大,那个狗东西又来要房费,我没有……"她似乎非想下去不可,像外边的大水一样,不可抑止地想:"初来这里还是飞着雪的时候,现在是落雨的时候了。刚来这里肚了是平平的,现在却变得这样了……"她用手摸着肚子,仰望天棚的水影,被褥间汗油的气味在发散着。

天黑了,旅馆的主人和客人都纷扰地提着箱子,拉着小孩走了。就是昨天早晨楼下为了避水而搬到楼上的人们,也都走了。骚乱的声音也跟随着走了。这里只是空空的楼房,一间挨着一间关着门,门里的帘子默默地静静地长长地垂着,从镶着玻璃的地方透出来。只有楼下的一家小贩,一个旅馆的杂役和一个病了的妇人以及伴着她留在这里的男人。满楼的窗子散乱乱地张开和关闭,地板上的尘土地毯似的摊着。这里荒凉得就如兵已开走的营垒,什么全是散散乱乱得可怜。

水的稀薄的气味在空中流荡,沉静的黄昏在空中流荡,不知谁家的小猪被丢在这里,在水中哭喊着绝望的来往的尖叫。水在它的身边一个连环跟着一个连环地转,猪被围在水的连环里,就如一只苍蝇或是一只蚊虫被绕入蜘蛛的网丝似的,越挣扎,越感觉网丝是无边际的大。小猪横卧在板排上,它只当遇了救,安静地,眼睛在放希望的光。猪眼睛流出希望的光和人们想吃猪肉的希望绞结在一起,形成了一条不可知的绳。

猪被运到那边的一家屋子里去。

黄昏慢慢地耗,耗向黑沉沉的像山谷、像壑沟一样的夜里去。两侧楼房的高大空间就是峭壁,这里的水就是山涧。

依着窗口的女人,每日她烦得像数着发丝一般的心,现在都躲开她了,被这里的深山给吓跑了。方才眼望着小猪被运走的事,现在也不占着她的心了,只觉得背上有些阴冷。当她踏着地板的尘土走进单身房的时候,她的腿便是用两条木做的假腿,不然就是别人的腿强接在自己的身上,没有感觉,不方便。

整夜她都是听到街上的水流唱着胜利的歌。

每天在马路上乘着车的人们现在是改乘船了。马路变成小河,空气变成蓝色,而脆弱的洋车夫们往日是拖着车,现在是拖船。他们流下的汗水不是同往日一样吗?带有咸脊和酸笨的气味。

松花江决堤三天了,满街行走着大船和小船,用箱子当船的也有,用板子当船的也有,许多救济船在嚷,手中摇摆黄色旗子。

住在二屋楼上的那个女人，被一只船载着经过几条狭窄的用楼房砌成河岸的小河，开始向无际限闪着金色光波的大海奔去。她呼吸着这无际限的空气，她第一次与室窗以外的太阳接触。江堤沉落到水底去了，沿路的小房将睡在水底，人们在房顶蹲着。小汽船江鹰般地飞来了，又飞过去了，留下排成蛇阵的弯弯曲曲的波浪在翻卷。那个女人的小船行近波浪，船沿和波浪相接触着，摩擦着。船在浪中打转，全船的人脸上没有颜色的惊恐，她尖叫了一声，跳起来，想要离开这个漂荡的船，走上陆地去。但是陆地在哪里？

满船都坐着人，都坐着生疏的人。什么不生疏呢？她用两个惊恐、忧郁的眼睛，手指四张的手摸抚着突出来的自己的肚子。天空生疏，太阳生疏，水面吹来的风夹带水的气味，这种气味也生疏。只有自己的肚子接近，不辽远，但对自己又有什么用处呢？

那个波浪是过去了，她的手指还是四处张着，不能合拢——今夜将住在非家吗？为什么蓓力不来接我，走岔路了吗？假设方才翻倒过去不是什么全完了吗？也不用想这些了。

六七个月不到街面，她眼花缭乱，耳中的受音器也不服支配了，什么都不清楚，在她心里只感觉热闹。同时她也分明地考察对面驶来的每个船只，有没有来接她的蓓力，虽然她的眼睛是怎样缭乱。

她嘴张着，眼睛瞪着，远天和太阳辽阔地照耀。

一家楼梯间站着一个女人，屋里抱小孩的老婆婆猜问着：你是芹吗？

芹开始同主妇谈着话,坐在圈椅间,她冬天的棉鞋,显然被那个主妇看得清楚呢。主妇开始说:"蓓力去伴你来不看见吗?那一定是走了岔路。"一条视线直迫着芹的全身而泻流过来,芹的全身每个细胞都在发汗,紧张、急躁,她暗恨自己为什么不迟来些,那就免得蓓力到那里连个影儿都不见,空虚地转了来。

芹到窗口吸些凉爽的空气,她破旧褴衫的襟角在缠着她的膝盖跳舞。当蓓力同芹登上细碎的月影在水池边绕着的时候,那已是当日的夜,公园里只有蚊虫嗡嗡地飞。他们相依着,前路似乎给蚊虫遮断了,冲穿蚊虫的阵,冲穿大树的林,经过两道桥梁,他们在亭子里坐下,影子相依在栏杆上。

高高的大树,树梢相结,像一个用纱制成的大伞,在遮着月亮。风吹来大伞摇摆,下面洒着细碎的月光,春天出游少女一般地疯狂呵!蓓力的心里和芹的心里都有一个同样的激动,并且这个激动又是同样的秘密。

芹住在旅馆,孤独的心境,不知都被什么赶到什么地方了;就是蓓力昨夜整夜不睡的痛苦,也不知被什么赶到什么地方了。

他为了新识的爱人芹,痛苦了一夜,本想在决堤第二天就去接芹到非家来,他像一个破了的摇篮一样,什么也盛不住,衣袋里连一毛钱也没有。去当掉自己流着棉花的破被吗?哪里肯要呢?他开始把他最好的一件制服从床板底下拿出来,拍打着尘土。他想这回一定能当一元钱的,五角钱给她买吃的送去,剩下的五角伴她乘船出来用作船费,自己尽可能不必坐船去,不是在太阳岛也学了几招游泳吗?现在真的有用了。他腋下挟着这件友人送给的旧制服,就如挟着珍珠似的,脸色兴奋。一家当铺的金字招牌,混杂着商店的招牌、饭馆的招牌。在这招牌的林里,他是认清哪一家是当铺了,他欢笑着,他的脸欢笑着。当铺门关了,人们嚷着正阳河开口了。回来倒在床上,床板硬得如一张石片。他恨自己了,昨天到芹那里去为什么把裤带子丢了。就是游泳着去,也不必把裤带子解下抛在路旁,为什么那样兴奋呢?蓓力心如此想,手就在腰间摸着新买的这条皮带。他把皮带抽下来,鞭打着自己。为什么要用去五角钱呢,只要有五角钱,用手提着裤子不也是可以把自己的爱人伴出来吗?整夜他都是在这块石片的床板上懊悔着。

他住在一家饭馆的后房,他看着棚顶在飞的蝇群,壁间爬走的潮虫,他听着烧菜铁勺的声音,前房食堂间酒盅声,舞女们伴着舞衣摩擦声,门外叫花子乞讨声,像箭一般地,像天空繁星一般地,穿过镶着玻璃的窗子一颗颗地刺进蓓力的心去。他眼睛放射红光,半点不躲避,安静的蓓力不声响地接受着。他懦弱吗?他不知痛苦吗?天空在闪烁的繁星,都晓得蓓力是怎么存心的。

就像两个从前线退回来的兵士,一离开前线,前线的炮火也跟着离开了,蓓力和芹只顾坐在大伞下听风声和树叶的叹息。

蓓力的眼睛实在不能睁开了。为了躲避芹的觉察还几次地给自己做着掩护,说起得早一点,眼睛有些发花。芹像明白蓓力的用意一样,芹又给蓓力做着掩护的掩护:"那么我们回去睡觉吧。"

公园门前横着小水沟,跳过水沟来斜对的那条街,就是非家了。他们向非家走去。

二

地面上旅行的两条长长的影子,在浸渐地消泯。就像两条刚被主人收留下的野狗一样,只是吃饭和睡觉才回到主人家里,其余尽是在街头跑着蹲着。

蓓力同他新识的爱人芹,在友人家中已是过了一个星期,这一个星期无声无味地飞过去。街口覆放着一只小船,他们整天坐在船板上。公园也被水淹没了,实在无处可去,左右的街巷也被水淹没了,他们两颗相爱的心也像有水在追赶着似的,一天比一天接近感到拥挤了。两颗心膨胀着,也正和松花江一样,想寻个决堤的出口冲出去。这不是想只是需要。

一天跟着一天寻找,可是左右布的密阵一天天的高,一天天的厚,两颗不得散步的心,只得在他们两个相合的手掌中狂跳着。

蓓力也不住在饭馆的后房了,同样是住在非家,他和芹也同样地离着。每天早起,不是蓓力到内房去推醒芹,就是芹早些起来,偷偷地用手指接触着蓓力的脚趾。他的脚每天都是抬到藤椅的扶手上面,弯弯地伸着。蓓力是专为芹来接触而预备着这个姿势吗?还是藤椅短放不开他的腿呢?他的脚被捏得作痛醒转来,身子就是一条弯着腰的长虾,从藤椅间钻了出来,藤椅就像一只虾笼似的被蓓力丢在那里了。他用手揉擦着眼睛,什么什么都不清楚,两只鸭子形的小脚,伏在地板上,也像被惊醒的鸭子般的不知方向。鱼白的天色,从玻璃窗透进来,朦胧地在窗帘上惺忪着睡眼。

芹的肚子越胀越大了!由一个小盆变成一个大盆,由一个不活动的物件,变成一个活动的物件,她在床上睡不着,蚊虫在她的腿上走着玩,肚子里的物件在肚皮里走着玩,她简直变成个大马戏场了,什么全在这个场面上耍起来。

下床去拖着那双瘦猫般的棉鞋,她到外房去,蓓力又照样地变作一条弯着腰的长虾,钻进虾笼去了。芹唤醒他,把腿给他看,芹腿上的小包都连成排了。若不是蚊虫咬的,一定会错认石阶上的苔藓,生在她的腿上了。蓓力用手抚摸着,眉头皱着,他又向她笑了笑,他的心是怎样的刺痛呵!芹全然不晓得这一个,以为蓓力是带着某种笑意向她扇动一样。她手指投过去,生在自己肚皮里的小物件也给忘掉了,只是示意一般地捏紧蓓力的脚趾,她的心尽力地跳着。

内房里的英夫人拉着小荣到厨房去,小荣先看着这两个虾来了,大嚷着推给她妈妈看。英夫人的眼睛不知放出什么样的光,故意地问:"你们两个用手捏住脚,这是东洋式的握手礼还是西洋式的握手礼?"

四岁的小荣姑娘也学起她妈妈的腔调,就像嘲笑而不似嘲笑地唱着:"这是东洋式的还是西洋式的呢?"

芹和蓓力的眼睛,都像老虎的眼睛在照耀着。

蓓力的眼睛不知为了什么变成金刚石的了!又发光,又坚硬。芹近几天尽看到这样的眼睛,他们整天地跑着,一直跑了十多天了!有时就连蓓力出去办点事,她就要像尾巴似的跟着蓓力。只是最近才算有了半个职业——替非做一点事。

中央大街的水退去，撑船的人也不见。蓓力挽着芹的手，芹的棉鞋在裉了的蓝衫下浮动。又加上肚子特别发育，中央大街的人们，都看得清楚。蓓力的白色篮球鞋子，一对小灰猪似的在马路上走。

非从那边来了！大概是下班回来，眼睛镶着眼镜向他们打了个招呼走过去，一个短小的影子消失了。

晚间当芹和英夫人坐在屋里的时候，英夫人摇着头，脸上表演着不统一的笑，尽量地把声音委婉，向芹不知说了些什么。大概是白天被非看到芹和蓓力在中央大街走的事情。

芹和蓓力照样在街上绕了一周，蓓力还是和每天一样要挽着她跑。芹不知为了什么两条腿不愿意活动，心又不耐烦。两星期前住在旅馆的心情又将萌动起来，她心上的烟雾刚退去不久又像给罩上了。她手玩弄着蓓力的衣扣，眼睛垂着，头低下去："我真不知这是什么意思，我们衣裳褴褛，就连在街上走的资格也没有了！"

蓓力不明白这话是对谁发的，他迟钝而又灵巧地问："怎么？"

芹在学话说："英说——你们不要去街上走，在家里可以随便，街上的人太多，很不好看呢！人家讲究着很不好呢。你们不知道吗？在这街上我们认识许多朋友，谁都知道你们是住在我家的，假设你们若是不住在我家，好看与不好看，我都不管的。"芹在玩弄着衣扣。

蓓力的眼睛又在放射金刚石般的光，他的心就像被玩弄着的衣扣一样，在焦烦着。他把拳头捏得紧紧的，向着自己的头部打去，芹给他揉。蓓力的脸红了，他的心在忏悔。

"富人穷人，穷人不许恋爱？"

方才他们心中的焦烦退去了，坐在街头的木凳上。她若感到凉，只有一个方法，她把头埋在蓓力上衣的前襟里。

公园被水淹没以后，只有一个红电灯在那个无人的地方自己燃烧。秋天的夜里，红灯在密结的树梢下面，树梢沉沉的，好像在静止的海上面发现了萤火虫似的，他们笑着，跳着，拍着手，每夜都是来向着这萤火虫在叫跳一回……

她现在不拍手了，只是按着肚子，蓓力把她扶回去。当上楼梯的时候，她的眼泪被抛在黑暗里。

非对芹和蓓力有点两样，上次英夫人的讲话，可以证明是非说的。

非搬走了，这里的房子留给他岳母住，被褥全拿走了。芹在土炕上，枕着包袱睡。在土炕上睡了仅仅两夜，她肚子疼得厉害。她卧在土炕上，蓓力也不上街了，他蹲在地板上，下颏枕炕沿，守着她。这是两个雏鸽，两个被折了巢窠的雏鸽。只有这两个鸽子才会互相了解，真的帮助，因为饥寒迫在他们身上是同样的分量。

芹肚子疼得更厉害了，在土炕上滚成个泥人了。蓓力没有戴帽子，跑下楼去，外边是落着阴冷的秋雨。两点钟过了蓓力不见回来，芹在土炕上继续自己滚的工作。外边的雨落得大了。三点钟也过了，蓓力还是不回来，芹只想撕破自己的肚子，外面的雨声她听不到了。

蓓力在小树下跑，雨在天空跑，铺着石头的路，雨的线在上面翻飞，雨就像要把石头压碎似的，石头又非反抗到底不可。

穿过一条街，又一条街，穿过一片雨，又一片雨，他衣袋里仍然是空着，被雨淋的他就和水鸡同样。

走进大门了，他的心飞上楼去，在抚慰着芹，这是谁也看不见的事。芹野兽疯狂般的尖叫声，从窗口射下来，经过成排的雨线，压倒雨的响声，却实实在在，牢牢固固，箭一般地插在蓓力的心上了。

蓓力带着这只箭追上楼去，他以为芹是完了，是在发着最后的嘶叫。芹肚子疼得半昏了，她无知觉地拉住蓓力的手，她在土炕抓的泥土，和蓓力带的雨水相合。

蓓力的脸色惨白，他又把方才向非借的一元车钱送芹入医院的影子想了一遍："慢慢有办法，过几天，不忙。"他又想："这是朋友应该说的话吗？我明白了，我和非经济不平等，不能算是朋友。"

任是芹怎样号叫，他最终离开她下楼去，雨是滔天地落下来。

芹肚子痛得不知人事，在土炕上滚得不成人样了，脸和白纸一个样，痛得稍轻些，她爬下地来，想喝一杯水。茶杯刚拿在手里，又痛得不能耐了，杯子摔在地板上。杯子碎了，那个黄脸大眼睛非的岳母跟着声响走进来，嘴里啰唆着："也太不成样子了，我们这里倒不是开的旅馆，随便谁都住在这里。"

芹听不清谁在说话，把肚子压在炕上，要把小物件从肚皮挤出来，这种痛法简直是绞着肠子，她的肠子像被抽断一样。她流着汗，也流着泪。

芹像鬼一个样，在马车上囚着，经过公园，经过公园的马戏场，走黑暗的途径。蓓力紧抱住她。现在她对蓓力只有厌烦，对于街上的每个行人都只有厌烦,她扯着头发,在蓓力的怀中挣扎。她恨不能一步飞到医院,但是,马却不愿意前进,在水中一劲打旋转。蓓力开始惊慌,他说话的声音和平时两样:"这里的水特别深呵,走下阴沟去会危险。"他跳下水去,拉住马脖,在水里前进着。

芹十分无奈地卧在车里,好像一个龃龉的包袱或是一个垃圾箱。

一幅沉痛的悲壮的受压迫的人物映画在明月下,在秋光里,渲染得更加悲壮,更加沉痛了。

铁栏栅的门关着,门口没有电灯,黑森森的,大概医院是关了门了,蓓力前去打门,芹的心希望和失望在绞跳着。

三

马车又把她载回来了,又经过公园,又经过马戏场,芹肚子痛得像轻了一点。她看到马戏场的大象,笨重地在玩着自己的鼻子,分明清晰的她又有心思向蓓力寻话说:"你看见大象笨得多乖。"

蓓力一天没得吃饭,现在他看芹像小孩子似的开着心,他心里又是笑又是气。

车回到原处了,蓓力尽他所有将借到的五角钱给了车夫。蓓力就像疾风暴雨里的白菜一样,风雨过了,他又扶着芹踏上楼梯,他心里想着得一月后才到日子吗?那时候一定能想法借到十五元住院费。蓓力才想起来给芹把破被子铺在炕上,她倒在被上,手指在整着蓬乱的头发。蓓力要脱下湿透的鞋子,吻了她一下,到外房去了。

又有一阵呻吟声蓓力听到了,赶到内房去,蓓力第一条视线射到芹的身上,芹的脸已是惨白得和铅锅一样。他明白她的肚子不痛是心理作用,尽力相信方才医生谈的,再过一个月那也说不准。

他不借,也不打算,他明白现在的一切事情唯有蛮横,用不着讲道理,所以第二次他把芹送到医院的时候,虽然他是没有住院费,芹结果是强住到医院里。

在三等产妇室,芹迷沉地睡了两天了,总是梦着马车在水里打转的事情。半夜醒来的时候,急得汗水染透了衾枕。她身体过于疲乏,精神也随之疲乏,对于什么事情都不大关心。对于蓓力,对于全世界的一切,全是一样,蓓力来时,坐在小凳上谈几句不关紧要的话。他一走,芹又合拢起眼睛来。

三天了,芹夜间不能睡着,奶子胀得硬,里面像盛满了什么似的,只听她嚷着奶子痛,但没听她询问过关于孩子的话。

产妇室里摆着五张大床,睡着三个产妇,那边空着五张小床。看护妇给推过一个来,靠近挨着窗口的那个产妇,又一个挨近别一个产妇。她们听到推小床的声音,把头露出被子外面,脸上都带着同样的不可抑制、新奇的笑容,就好像看到自己的小娃娃在床里睡着的小脸一样。她们并不向看护妇问一句话,怕羞似的脸红着,只是默默地在预备热情,期待她们亲手造成的小动物与自己第一次见面。

第三个床看护妇推向芹的方向走来,芹的心开始跳动,就像个意外的消息传了来,手在摇动:"不要!不……不要……我不要呀!"她的声音里母子之情就像一条不能折断的钢丝被她折断了,她满身在抖颤。

满墙泻着秋夜的月光,夜深,人静,只是隔壁小孩子在哭着。

孩子生下来哭了五天了,躺在冰凉的板床上,涨水后的蚊虫成群片地从气窗挤进来,在小孩的脸上身上爬行。她全身冰冷,她整天整夜地哭。冷吗?饿吗?生下来就没有妈妈的孩子谁去管呢?

月光照了满墙,墙上闪着一个影子,影子抖颤着,芹挨下床去,脸映在有月光的墙上——小宝宝,不要哭了,妈妈不是来抱你吗?冻得这样冰呵,我可怜的孩子!

孩子咳嗽的声音,把芹映在壁上的脸移动了,她跳上床去,扯着自己的头发,用拳头痛打自己的头盖。真个自私的东西,成千成万的小孩在哭,怎么就听不见呢?成千成万的小孩饿死了,怎么看不见呢?比小孩更有用的大人也都饿死了,自己也快饿死了,这都看不见,真是个自私的东西!

睡熟的芹在梦里又活动着,芹梦着蓓力到床边抱起她,就跑了,跳过墙壁,院费也没交,孩子也不要了。听说后来小孩给院长当了丫鬟,被院长打死了。孩子在隔壁还是哭着,哭的时间太长了,那孩子作呕,芹被惊醒,慌张地迷惑地赶下床去。她以为院长在杀害她的孩子,只见影子在壁上一闪,她昏倒了。秋天的夜在寂寞地流,每个房间泻着雪白的月光,墙壁这边地板上倒着妈妈的身体。那边的孩子在哭着妈妈,只隔一道墙壁,母子之情就永久相隔了。

身穿白长衫 30 多岁的女人,她黄脸上涂着白粉,粉下隐现黄黑的斑点,坐在芹的床沿。女人烦絮地向芹问些琐碎的话,别的产妇凄然地在静听。

芹一看见她们这种脸,就像针一样在突刺着自己的心。"请抱去吧,不要再说别的话了。"她把头用被蒙起,她再不能抑止,这是什么眼泪呢?在被里横流。

两个产妇受了感动似的也用手揉着眼睛,坐在床沿的女人说:"谁的孩子,谁也舍不得,我不能做这母子两离的事。"女人的身子扭了一扭。

芹像被什么人要挟似的,把头上的被掀开,面上笑着,眼泪和笑容凝结地笑着:"我舍得,小孩子没有用处,你把她抱去吧。"

小孩子在隔壁睡,一点都不知道,亲生的妈妈把她给别人了。

那个女人站起来到隔壁去了,看护妇向那个女人在讲,一面流泪:"小孩子生下来六天了,连妈妈的面都没得见,整天整夜地哭,喂她牛奶她不吃,她妈妈的奶胀得痛都挤扔了。唉,不知为什么,听说孩子的爸爸还很有钱呢!这个女人真怪,连有钱的丈夫都不愿嫁。"

那个女人同情着。看护妇说:"这小脸多么冷清,真是个生下来就招人可怜的孩子。"小孩子被她们摸索醒了,她的面贴到别人的手掌,以为是妈妈的手掌,撒怨地哭了起来。

过了半个钟头,小孩子将来的妈妈,挟着红包袱满脸欢喜地踏上医院的石阶。

包袱里的小被褥给孩子包好,经过穿道,经过产妇室的门前,经过产妇室的妈妈,小孩跟着生人走了,走下石阶了。

产妇室里的妈妈什么也没看见,只听见一阵噪杂的声音啊!

当芹告诉蓓力孩子给人家抱去了的时候,她刚强的沉毅的眼睛把蓓力给怔住了,他只是安定地听着:"这回我们没有挂碍了,丢掉一个小孩是有多数小孩要获救的目的达到了,现在当前的问题就是住院费。"

蓓力握紧芹的手,他想——芹是个时代的女人,真想得开,一定是我将来忠实的伙伴!他的血在沸腾。

每天当蓓力走出医院时,庶务都是向他索院费,蓓力早就放下没有院费的决心了,所以他第二次又挟着那件制服到当铺去,预备芹出院的车钱。

他的制服早就被老鼠在床下给咬破了,现在就连这件可希望的制服,也没有希望了。

蓓力为了五角钱,开始奔波。

芹住在医院快是三个星期了!同室的产妇,来一个住了个星期抱着小孩走了,现在仅留她一个人在产妇室里,院长不向她要院费了,只希望她出院好了。但是她出院没有车钱没有夹衣,最要紧的她没有钱租房子。

芹一个人住在产妇室里,整夜的幽静,只有她一个人享受窗上大树招摇细碎的月影,满墙走着,满地走着。她想起来母亲死去的时候,自己还是小孩子,睡在祖父的身旁,不也是看着夜里窗口的树影么?现在祖父走进坟墓去了,自己离开家乡已三年了,时间一过什么事情都消失了。

窗外的树风唱着幽静的曲子,芹听到隔院的鸡鸣声了。

产妇们都是抱着小孩坐着汽车或是马车一个个出院了,现在芹也是出院了。她没有小孩也没有汽车,只有眼前的一条大街要她走,就像一片荒田要她开拔一样。

蓓力好像个助手似的在眼前引导着。

他们这一双影子,一双刚强的影子,又开始向人林里去迈进。

(署名悄吟,原载于1933年5月6日至17日长春《大同报》副刊《大同俱乐部》)

看风筝

一

拖着鞋,头上没有帽子,鼻涕在胡须上结起网罗似的冰条来,纵横地网罗着胡须。在夜间,在冰雪闪着光芒的时候,老人依着街头电线杆,他的黑色影子缠住电杆。他在想着这样的事:

"穷人活着没有用,不如死了!"

老人的女儿三天前死了,死在工厂里。

老人希望得几个赡养费,他奔波了三天了!拖着鞋奔波,夜间也是奔波,他到工厂,从工厂又要到工厂主家去。他三天没有吃饭,实在不能再走了!他不觉得冷,因为他整个的灵魂在缠住他的女儿,已死了的女儿。

半夜了!老人才一步一挨地把自己运到家门,这是一件多么不容易的事:胡须颤抖,他走起路来谁看着都要联想起被大风吹摇就要坍塌的土墙,或是房屋。眼望砖瓦四下分离地游动起来。老人在冰天雪地里,在夜间没人走的道路上筛着他的胡须，筛着全身在游离的筋肉。他走着，他的灵魂也像解了体的房屋一样，一面在走，一面摊落。

老人自己把身子再运到炕上，然后他喘着牛马似的呼吸，他全身的肉体摊落尽了，为了他的女儿而摊落尽的，因为在他女儿的背后埋着这样的事：

"女儿死了！自己不能做工，赡养费没有，儿子出外三年不见回来。"

老人哭了！他想着他的女儿哭，但哭的却不是他的女儿，是哭着他女儿死了以后的事。

屋子里没有灯火，黑暗是一个大轮廓，没有线条、也没有颜色的大轮廓。老人的眼泪在他有皱纹的脸上爬，横顺地在黑暗里爬，他的眼泪变成了无数的爬虫了，个个从老人的内心出发。

外面的风在号叫，夹着冬天枯树的声音。风卷起地上的积雪，扑向窗纸打来，唰唰地响。

二

刘成在他父亲给人做雇农的时候，他在中学里读过书，不到毕业他就混进某个团体了！他到农村去过。不知他潜伏着什么作用，他也曾进过工厂。后来他没有踪影了！三年没有踪影。关于他妹妹的死，他不知道，关于他父亲的流浪，他不知道，同时他父亲也不知道他的流浪。

刘成下狱的第三个年头被释放出来，他依然是一个没有感情的人，他的脸色还是和从前一样，冷静、沉着。他内心从没有念及他父亲一次过。不是没念及,因为他有无数的父亲,一切受难者的父亲他都当作他的父亲,他一想到这些父亲,只有走向一条路,一条根本的路。

他明白他自己的感情,他有一个定义:热情一到用得着的时候,就非冷静不可,所以冷静是有用的热情。

这是他被释放的第三天了!看起来只是额际的皱纹算是入狱的痕迹,别的没有两样。当他在农村和农民们谈话的时候,比从前似乎更有力、更坚决,他的手高举起来又落下去,这大概是表示压榨的意思,也有时把手从低处用着猛力抬到高处,这大概是表示不受压迫的意思。

每个字从他的嘴里跳出来,就和石子一样坚实并且钢硬,这石子也一个一个投进农民的脑袋里,也是永久不化的石子。

坐在马棚旁边开着衣钮的老农妇,她发起从没有这样愉快的笑,她触了他的男人李福一下,用着例外的声音边说边笑:

"我做了一辈子牛马,哈哈!那时候可该做人了!我做牛马做够了!"

老农妇在说末尾这句话时,也许她是想起了生在农村最痛苦的事。她顿时脸色都跟着不笑了,冷落下去。

别的人都大笑一阵,带着奚落的意思大笑,妇人们借着机会似的向老农妇奚落去:

"老婆婆从来是规矩的,笑话我们年青多嘴,老婆婆这是为了什么呢?"

过了一个时间安静下去。刘成还是把手一举一落地说下去,马在马棚里吃草的声音,夹杂着鼻子声在响,其余都在安静里浸沉着。只是刘成的谈话沉重的字眼连绵地从他齿间往外挤。不知什么话把农民们击打着了！男人们在抹眼睛，女人们却响着鼻子，和在马棚里吃草的马一样。

人们散去了，院子里的蚊虫四下地飞，结团地飞，天空有圆圆的月，这是一个夏天的夜，这是刘成出狱三天在乡村的第一夜。

三

刘成当夜住在农妇王大婶的家里，王大婶的男人和刘成谈着话，桌上的油灯暗得昏黄，坐在炕沿他们说着，不绝地在说，直到最后才停止，直到王大婶的男人说出这样的话来：

"啊！刘成这个名字。东村住着孤独的老人常提到这个名字，你可认识吗？"

刘成他不回答，也不问下去，只是眼光和不会转弯的箭一样，对准什么东西似的在放射，在一分钟内他的脸色转变了又转！

王大婶抱着孩子，在考察刘成的脸色，她在下断语：

"一定是他爹爹，我听老人坐在树荫常提到这个名字，并且每当他提到的时候，他是伤着心。"

王大婶男人的袖子在摇振，院心蚊虫的群给他冲散了，圆月在天空随着他跑。他跑向一家脊背弯曲的草房去，在没有纸的窗棂上鼓打，急剧地鼓打。睡在月光里整个东村的夜被他惊醒了！睡在篱笆下的狗，和鸡雀吵叫。

老人睡在土炕的一端，把自己的帽子包着破鞋当作枕头，身下铺着的是一条麻袋。满炕是干稻草,这就是老人的财产,其余什么是不属于他的。他照顾自己,保护自己。月光映满了窗棂,人的枕头上,胡须上……

睡在土炕的另一端也是一个老人,他俩是同一阶级,因为他也是枕着破鞋睡。他们在朦胧的月影中,直和两捆干草或是两个粪堆一样,他们睡着,在梦中他们的灵魂是彼此看守着。窗棂上残破的窗纸在作响。

其中的一个老人的神经被鼓打醒了!他坐起来,抖擞着他满身的月光,抖擞着满身的窗棂,他不睁眼睛,把胡须抬得高高的盲目地问:

"什么勾当?"

"刘成不是你的儿吗?他今夜住在我家。"老人听了这话,他的胡须在踩躞。三年前离家的儿子,在眼前飞转。他心里生了无数的蝴蝶,白色的空中翻着金色闪着光的翅膀在空中飘着飞。此刻凡是在他耳边的空气,都变成大的小的音波,他能看见这音波,又能听见这音波。平日不会动的村庄和草堆现在都在活动,沿着旁边的大树,他在梦中走着,向着王大婶的家里,向着他儿子的方向走。老人像一个要会见妈妈的小孩子一样,被一种感情追逐在大路上跑,但他不是孩子,他踩躞着胡须,他的腿笨重,他有满脸的皱纹。

老人又联想到女儿死的事情,工厂怎样的不给恤金,他怎样的飘流到乡间。乡间更艰苦,他想到饿和冻的滋味。他需要躺在他妈妈怀里哭诉,可是他去会见儿子。

老人像拾得意外的东西,珍珠似的东西,一种极度的欣欢使他恐惧。他体验着惊险，走在去会见儿子的路上。

王大婶的男人在老人旁边走，看着自家的短墙处有个人的影像，模糊不清，走近一点只见那里有人在摆手。再走近点，知道是王大婶在那里摆手。

老人追着他希望的梦，抬举他兴奋的腿，一心要去会见儿子，其余的什么，他不能觉察。王大婶的男人跑了几步，王大婶对他皱竖眼眉低声慌张地说：

"那个人走了！抢着走了！"

老人还是追着他的梦向前走，向王大婶的篱笆走，老人带着一颗充血的心来会见他的儿子。

四

刘成抢着走了！还不待他父亲走来他先跑了！他父亲充了血的心给他摔碎了！他是一个野兽，是一条狼，一条没有心肠的狼。

刘成不管他父亲，他怕他父亲，为的是把整个的心、整个的身体献给众人。他没有家，什么也没有，他为着农人、工人，为着这样的阶级而下过狱。

五

半年过后，大领袖被捕的消息传来了！也就是刘成被捕的消息传来了！乡间也传来了！那是一个初春正月的早晨，乡村里的土场上，小孩子们群集着，天空里飘起颜色鲜明的风筝来，三个五个，近处飘着大的风筝，远处飘着小的风筝，孩子们在拍手，在笑。老人——刘成的父亲也在土场上依着拐杖同孩子们看风筝。就是这个时候消息传来了！

刘成被捕的消息传到老人的耳边了！

（署名悄吟，原载于1933年6月30日《哈尔滨公报》副刊《公田》）

腿上的绷带

一

老齐站在操场腿上扎着绷带,这是个天空长起彩霞的傍晚,墙头的枫树动荡得恋恋爱人。老齐自己沉思着这次到河南去的失败,在河南工作的失败,他恼闷着。但最使他恼闷的是逸影方才对他谈话的表情,和她身体的渐瘦。她谈话的声音和面色都有些异样,虽是每句话照常的热情。老齐怀疑着,他不能决定逸影现在的热情有没有几分假造或是有别的背景,当逸影把大眼睛转送给他,身子却躲着他的时候,但他想到逸影的憔悴。他高兴了,他觉得这是一笔收入,他当作逸影为了思念他而悴憔的,在爱情上是一笔巨大的收入。可是仍然恼闷,他想为什么这次她不给我接吻就去了。

墙头的枫树悲哀地动荡,老齐望着地面,他沉思过一切。

校门口两个披绒巾子的女同学走来,披绿色绒巾的向老齐说:"许多日不见了,到什么地方去来?"

另一个披着青蓝色绒巾的跳跃着跟老齐握手并且问："受了伤么，腿上的绷带？"

捧不住自己的心，老齐以为这个带着青春的姑娘，是在向他输送青春，他愉快地在笑。可是老齐一想到逸影，他又急忙地转变了，他又伤心地在笑。

女同学向着操场那边的树荫走去，影子给树荫淹没了，不见了。

老齐坐在墙脚的小凳上，仍是沉思着方才沉思过的一切。墙头的枫树勉强摆着叶子，风来了柳条在风中摇动，荷叶在池头浮走。

围住荷池的同学们，男人们抽缩着肩头笑，女人们拍着手笑。有的在池畔读小说，有的在吃青枣，也有的男人坐在女人的阳伞下，说着小声的话。宿舍的窗子都打开着，坐在窗沿的也有。

但，老齐的窗帘没有掀起，深长地垂着，带有阴郁的气息垂着。

达生听说老齐回来，去看他，顺便买了几个苹果。达生抱着苹果在窗下绕起圈子来。他不敢打开老齐的窗子，因为他们是老友，老齐的一切他都知道，他怕是逸影又在房里，因为逸影若在老齐房里，窗帘什么时候都是放下的。达生的记忆使他不能打门，他坐在池畔自己吃苹果。别的同学来和达生说话，其实是他的苹果把同学引来的。结果每人一个，在倒垂的柳枝下，他们谈起关于女人的话，关于自己的话，最后他们说到老齐了。有的在叹气，有的表示自己说话的身份，似乎说一个字停两停。

就是……这样……事……为什么不……不苦恼呢？哼！

苹果吃完了，别的同学走开了，达生猜想着别的同学所说关于老齐的话，他以为老齐这次出去是受了什么打击了么？他站起来走到老齐的窗前，他的手触到玻璃了，但没作响。他的记忆使他的手指没有作响。

二

达生向后院女生宿舍走去。每次都是这样，一看到老齐放下窗帘，他就走向女生宿舍去看一次，他觉得这是一条聪明的计划。他走着，他听着后院的蝉吵，女生宿舍摆在眼前了。

逸影的窗帘深深地垂下，和老齐一样，完全使达生不能明白，因为他从不遇见过这事。他心想："若是逸影在老齐的房里，为什么她的窗帘也放下？"

达生把持住自己的疑惑，又走回男生宿舍去，他的手指在玻璃窗上作响。里面没有回声，响声来得大些，也是没有回声。再去拉门，门闭得紧紧的，他用沉重而急躁的声音喊："老齐！老齐！老齐！"

宿舍里的伙计，拖着鞋，身上的背心被汗水湿透了，费力地半张开他的眼睛，显然是没听懂的神情，站在达生的面前说："齐先生吗？病了，大概还没起来。"

老齐没有睡，他醒着，他晓得是达生来了。他不回答友人的呼喊，同时一种爱人的情绪压倒友人的情绪，所以一直迟延着，不去开门。

腿上扎着绷带，脊背曲作弓形，头发蓬着，脸色其像一张秋天晒成的干菜，纠皱，面带绿色，衬衫的领子没有扣，并且在领子上扯一个大的裂口。最使达生奇怪的，看见老齐的眼睛红肿着。不管怎样难解决的事，老齐从没哭过，任凭哪一个同学也没看过他哭，虽是他坐过囚受过刑。

日光透过窗帘针般地刺在床的一角和半壁墙，墙上的照片少了几张。达生认识逸影的照片一张也没有了，凡是女人的照片一张都不见了。

蝉在树梢上吵闹，人们在树下坐着，荷池上的一切声音，送进老齐的窗间来，都是穿着忧悒、不可思议的外套。老齐烦扰着。

老齐眼睛看住墙上的日光在玩弄自己的手。达生问了他几句关于这次到河南去的情况，老齐只很简单地回答了几句：

"很不好。"

"失败，大失败！"

达生几次不愿意这样默默地坐着，想问一问关于照片的事，就像有什么不可触的悲哀似的，每句老齐都是躲着这个，躲着这个要爆发的悲哀的炸弹。

全屋的空气，是个不可抵抗的梦境，在恼闷人。老齐把床头的一封信抛给达生，也坐在椅子上看："我处处给你做累，我是一个不中用的女子，我自己知道，大概我和你走的道路不一样，所以对你是不中用的。过去的一切，叫它过去，希望你以后更努力，找你所最心爱的人去，我在向你庆祝……"

达生他不晓得逸影的这封信为何如此浅淡，同时老齐眼睛红着，只是不流眼泪。他在玩弄着头发，他无意识，他痴呆，为了逸影，为了大众，他倦怠了。

三

达生方才读过的信是一早逸影遣人给老齐送来的，在读这封信的时候，老齐是用着希望和失望的感情，现在完全失望了。他把墙上女人的照片都撕掉了，他以为女人是生着刺的玫瑰，或者不是终生被迷醉，而不能转醒过来，就是被毒刺伤了，早年死去。总之，现在女人在老齐心里，都是些不可推测的恶物，蓬头散发的一些妖魔。老齐把所有逸影的照片和旧信都撕掉了丢进垃圾箱去。

当逸影给他的信一封比一封有趣味、有感情时，他在逸影的信里找到了他所希望的安慰。那时候他觉得一个美丽的想象成事实了，美丽的事是近着他了。但这是一个短的梦，夭亡的梦，在梦中他的玫瑰落了，残落了。

老齐一个人倒在床上。北平的秋天，蝉吵得厉害，他尽量地听蝉吵，腿上的绷带时时有淡红色的血沁出来，也正和他的心一样，他的心也正在流着血。

老齐的腿是受了枪伤。老齐的心是受了逸影的伤，不可分辨。现在老齐是回来了，腿是受了枪伤了。可是逸影并没到车站去接他，在老齐这较比是颗有力的子弹，暗中投到他的怀里了。

当老齐在河南受了伤的那夜，草地上旷野的气味迷醉着他，远近还是枪声在响。老齐就在这个时候，他还拿出逸影的照片看。

现在老齐是回来了，他一人倒在床上看着自己腿上的绷带。

逸影的窗帘，一天，两天永久地下垂，她和新识爱人整天在窗帘里边。

老齐他以为自然自己的爱人分明是和自己走了分路,丢开不是非常有的价值吗?他在检查条箱,把所有逸影的痕迹都要扫除似的。小手帕撕碎了,他从前以为生命似的事物撕碎了。可是他一看到床上的被子,他未敢动手去撕,他感到寒冷。因为回忆,他的眼睛晕花了,这都是一些快意的事,在北海夜游,在西山看枫叶。最后一件宏大的事业使他兴奋了,就是那次在城外他和逸影被密探捕获的事,因为没有证据,第二天被释放了。床上这张被子就是那天逸影送给他的,做一个共同遇难的标记。老齐想到这里,他觉得逸影的伟大、可爱,她是一个时代的女性,她是一个时代最前线的女性。老齐摇着头骄傲地微笑着,这是一道烟雾,他的回想飘散了去。他还是在检查条箱。

地板上满落了日影,在日影的斜线里有细尘飞扬,屋里苦闷的蒸热。逸影的笑声在窗外震着过去了。

缓长的昼迟长地拖走,在午睡中,逸影变作了一只蝴蝶,重新落在老齐的心上。他梦着同逸影又到城外去,但处处都使他危险,有密探和警察环绕着他们。逸影和从前也不一样,不像从前并着肩头走,只有疏远着。总之,他在梦中是将要窒息了。

荷池上柳树刮起清风在摆荡,蝉在满院的枣树上吵。达生穿过蝉的吵声,而向老齐的宿舍走去,别的同学们向他喊道:

"不要去打搅他呀!"

"老齐这次回来,不管谁去看他,他都是带着烦厌的心思向你讲话。"

他们的声音使老齐在梦中醒转来。达生坐在床沿,老齐的手在摸弄腿上的绷带。老齐的眼睛模糊，不明亮，神经质的，他的眉紧皱在一起，和两条牵连的锁链一样。达生知道他是给悲哀在毁坏着。

他伴老齐去北海，坐在树荫里，老齐说着把腿上的绷带举给达生看："我受的伤很轻，连胫骨都没有穿折。"他有点骄傲的气概，"别的人，头颅粉碎的也有，折了臂的也有，什么样的都有，伤重的都是在草地上滚转，后来自己死了。"

老齐的脸为了愤恨的热情，遮上一层赤红的纱幕。他继续地说下去："这算不了什么，我计算着，我的头颅也献给他的，不然我们的血也是慢慢给对方吸吮了去。"

逸影从石桥边走过来，现在她是换上了红花纱衫，和一个男人。男人是老齐的同班，他们打了个招呼走过去了。

老齐勉强地把持住自己，他想接着方才的话说下去，但这是不可能的。他忘了方才说的是什么，他把持不住自己了，他脸红着。后来还是达生提起方才的话来，老齐才又接着说下去，所说的却是没有气力和错的句法。

他们开始在树荫里踱荡。达生说了一些这样那样的话，可是老齐一句不曾理会。他像一个发疟疾的人似的，血管觉得火热一阵，接着又寒冷下去，血液凝结似的寒冷下去。

一直到天色暗黑下去，老齐才回到宿舍。现在他全然明白了，他知道逸影就是为了纱衫才去恋爱那个同学，谁都知道那个同学的父亲是一个工厂的厂主。

老齐愿意把床上的被子撕掉，他觉得保存这些是没有意义的。同时他一想到逸影给人做过丫鬟，他的眼泪流下来了。同时他又想到，被子是象征着两个受难者，老齐狂吻着被子哭，他又想到送被子的那天夜里，逸影的眼睛是有多么生动而悦人。老齐狂吻着被子，哭着，腿上的绷带有血沁了出来。

（署名悄吟，原载于1933年7月18日至21日长春《大同报》副刊《大同俱乐部》）

太太与西瓜

五小姐在街上转了三个圈子,想走进电影院去,可是这是最末的一张免票了,从手包中取出来看了又看,仍然是放进手包中。

现在她是回到家里,坐在门前的软椅上,幻想着她新制的那件衣服。

门栏外有个人影,还不真切,四小姐坐在一边的长椅上咕哝着:"没有脸的,总来有什么事?"

一个大西瓜,淡绿色的,听差的抱着来到眼前了。四小姐假装不笑,其实早已笑了:"为什么要买这个,很贵呢。"心里是想,为什么不买两个。四小姐把瓜接过来,吩咐使女小红道:"刀在厨房里磨一磨。"

淡绿色的西瓜抱进屋去,四小姐是照样的像抱着别人给送来的礼物那样笑着,满屋是烟火味。妈妈从一个小灯旁边支起身来摇了摇手,四小姐当然用不着想,把西瓜抱出房来。她像患着什么慢性病似的,身子瘦小得不能再瘦,抱个大西瓜累得可怜,脸儿发红,嘴唇苍白。她又坐在门前的长椅上。

五小姐暂时把新制的衣裳停止了幻想,把那个同玩的男人送给的电影免票忘下,红宝石的戒指在西瓜上闪光:"小红,把刀拿来呀!"

小红在那里喂猫,喂那个天生就是性情冷酷黑色的猫,她没有听见谁在呼喊她。"你,你耳聋死……"

"不是呀,刘行长的三太太,男人被银行辞了职,那次来抽着烟就不起来,妈妈怕她吃了西瓜又要抽烟。"四小姐忙说着,小红这次勉强算是没有挨骂。

西瓜想放在身后,四小姐为了慌张没有躲藏方便,那个女客人走出来看着西瓜了。妈妈说着:"不要吃西瓜再走吗?"

小姐们也站起来,笑着把客人送走。

她们这回该集拢到厅堂分食西瓜来,第一声五小姐便嚷着:"我不吃这样的东西,黄瓜也不如。"抛到地板上,小红去拾。

太太下着命令叫小红去到冰箱里取那个更大的田科员送来的那个。

她们的架子是送来的礼物摆起来的,她们借别人来养自己的脾气。做小姐非常容易,做太太也没有难处。

小红去取那个更大的去,已经拾到手的西瓜被叱呵,舍不得的又丢在地板上。

站在门栏处送来礼物的人也在苦恼着。

"为我找了十元一月薪金厨夫的职业,上手就消费了三元。"

但是他还没听见五小姐说的"黄瓜也不如"呢。

(署名悄吟,原载于1933年8月4日长春《大同报》副刊《大同俱乐部》)

两个青蛙

一

楼上的声音从窗洞飘落下来了。

"让我们都来看吧,秦铮又回来了,又是同平野一道……"

秋雨过后,天色变作深蓝,静悄的那边就是校园的林丛。校园像幅画似的,绘着小堆小堆的黄花;地平线以上,是些散散乱乱的枝柯,在晚风里取暖;拥挤着的树叶上,跳跃着金光。

秦铮提篮里的青蛙,跳到地面,平野在阳光里笑着,惊惧的肩头缩动着,把青蛙装进篮里。

裙襟被折卷一下,秦铮坐在水池旁愉快着,她的眼睛向平野羞涩地笑,别离使她羞涩了。

平野和她的肩头相依,但只是坐着,他躲避着热情似的坐着。一种初会的喜悦常常是变作悲哀的箭,连贯地穿了两个心颗,水珠在树叶上闪起金光滚动着,风来了,水珠落了。也和水珠一样,秦铮的眼泪落了,落到平野的衣襟上、手上、唇上,这情人的泪,水银似的在平野的灵魂里滚转。

平野觉得自己的生命这算是第一次有意义。

"不要哭啊,小妹妹……"

楼上的声音响震着玻璃窗时,秦铮扭动她的肩头,但不看上去,她知道这又是她的妹妹秦华在作怪。

提篮里的青蛙要去寻水,粗糙地呼吸着。

秦铮从来爱玩小孩子的事,从乡间回来特地带回两个青蛙,现在青蛙是放在水池里了。

晚天染着紫色红色的颜料,各自划分着,划分得不清晰了,越加模糊下去。

"这次我到乡下去,受罪极了,猩红热、虎列拉……各样的传染病都有。只有传染病,没有医生,患病者只有死——在这样的世界上,我也真希望死了。因为你,我死的希望破碎了。你不是常说吗?想要死的人,那是自私,或是个人主义的变态。"

平野吻了她手一下,并且问:"那里工作怎样?"

平野又像恢复了自己似的,人像又涌上他的心来,他不再觉得自己是在喊口号了。他们的声音低下来,暗下来,和苍茫的暮色一样,苍茫下去。

南楼宿舍睡在夜里了,北楼也睡在夜里,久别的情绪苍白着,不可顿挫地强硬起来,纠缠起来。

踱荡着他们的热情似的,穿着林丛踱荡,踏着月光踱荡,秦铮是愉快着,讲了一些流水似的话,别离不再压紧她了,她轻松地跳着舞步。可是平野的心情正相反,他徘徊着,他作窘,平野为了她的青春所激动。

关于这个,秦铮是忽略了,她永不知道她的青春可能激动了别人,在一个少女这是一件平常的事。

平野引她到树丛的深处,他战栗地走着,激动地走着,同时秦铮也不会觉察这个。两个影子,深藏在树丛里了。

南楼的影子倒在水池里,太空镶着无数的星座,秋夜静得和水晶似的透明。

从树丛那里颤巍着走出来了。秦铮的头发毛散了,衣裙不整齐了,怕羞的背影走上楼梯去。

平野站在月光中的池旁,目送她。每次他送秦铮回宿舍时,她都是倒踏着梯级向他微笑着,缓缓地走进去。现在,秦铮没有回头,她为新的体验淹没了。

平野的心思平静下来,满足同时而倦怠地转向北楼去。

青蛙叫了,要吵破这个秘密似的叫了。

二

这是一个回忆,完全是一个梦中的回忆。

平野醒转来了,铁窗外石壁的顶端,模糊着苍白的星座。深壑的院宇,永恒地刮着阴惨的风,住在这里的人,有的是单身房,有的是群居,有的在等候宣告死刑,也有些是在挨混刑期。

等候大刑的人,他们终夜不能睡着,他们吼叫出不是人的声音来，但是他们腿上的铁锁和手上的木枷并不因为吼号而脱落，依然严紧地在枷锁着。五个人中的两个人是瘫落在墙角里，不喊叫也不挣脱，使你看到，你可以联想起那是两个年老的胡匪被死恐吓住了？但，他们不是，那两张面孔，并不苍白；手足安然的，并不颤索。

提着枪打着裹腿的人，整夜是在看守着这五个人，这是为了某种事体。提枪的人，总是不间断地在袖口间探望自己的手表，就像希望着天快亮起来似的。但，天亮起来又有什么事体要发生呢？这个事件，看守人和被看守人都像明白似的。被看守人号叫着，他们不能滚转，提枪的人在那里踱来踱去。

其中的一个向着那两个永不知号叫的人说：“怎么你们的不是行抢，只为了几张碎纸在身上就……"

说话的被那个提着枪的绞断了话声，但是他现在一点都不知惧怕什么叫枪，他大骂了一阵，没有法治他。提枪的那个人仍然是走来走去，一面看他袖口间的表。

平野，他是个永久要住在这里的犯人，因为法律判断他是这样。

因为三年前的那天晚间，他同秦铮在校园里谈一些关于乡间和工作的事，第二天，秦铮的父亲处死刑了，第三天，秦铮被捕了。接着就是平野。

现在秦铮和平野是住在同一个铁包的院里，现在已三年了。放在水池里两个青蛙变作了一群小青蛙，在校园里仍是叫着。

在三年之中，他们总是追随三年前的旧梦，平野醒转来了。醒来他寻觅不见秦铮，他又闭起眼睛，窗子铁栏外，有不转动的白色的月轮，外面嚷着这样的声音，平野听到了："又是五个，两个政治犯、三个强盗犯，被提出去。"过了一刻，车轮的声音轧过了，渐远了。

（署名悄吟，原载于1933年8月16日长春《大同报》周刊《夜哨》第1期）

哑老人

孙女——小岚大概是回来了吧，门响了下。秋晨的风洁净得有些空凉，老人没有在意，他的烟管燃着，可是烟纹不再作环形了，他知道这又是风刮开了门。他面向外转，从门口看到了荒凉的街道。

他睡在地板的草帘上，也许麻袋就是他的被褥吧，堆在他的左边，他是前月才患着半身肢体不能运动的病，他更可怜了。满窗碎纸都在鸣叫，老人好像睡在坟墓里似的，任凭野甸上是春光也好，秋光也好，但他并不在意，抽着他的烟管。

秋凉毁灭着一切，老人的烟管转走出来的烟纹也被秋凉毁灭着。

这就是小岚吧，她沿着破落的街走，一边扭着她的肩头，走到门口，她想为什么门开着——可是她进来了，没有惊疑。

老人的烟管没烟纹走出，也像老人一样地睡了。小岚站在老人的背后，沉思了一刻，好像是在打主意——唤醒祖父呢——还是让他睡着。

地上两张草帘是别的两个老乞丐的铺位，可是空闲着。小岚在空虚的地板上绕走,她想着工厂的事吧。

非常沉重的老人的鼾声停住了,他衰老的灵魂震动了一下。那是门声,门又被风刮开了,老人真的以为是孙女回来给他送饭。他歪起头来望一望,孙女跟着他的眼睛走过来了。

小岚看着爷爷震颤的胡须,她美丽、凄凉的眼笑了,说:"好了些吧?右半身活动得更自由了些吗?"

这话是用眼睛问的,并没有声音。只有她的祖父,别人不会明白或懂得这无声的话,因为哑老人的耳朵也随着他的喉咙有些哑了,小岚把手递过去,抬动老人的右臂。

老人哑着——咔……咔……哇……

老人的右臂仍是不大自由,有些痛,他开始寻望小岚的周身。小岚自愧的火热般的心跳了,她只为思索工厂要裁她的事,从街上带回来的包子被忘弃着,冰凉了。

包子交给爷爷:"爷爷,饿了吧?"

其实,她的心一看到包子早已惭愧着,恼恨着,可是不会意想到的,老人就拿着这冰冷的包子已经在笑了。

可爱的包子倒惹他生气,老人关于他自己吃包子,感觉十分有些不必需。他开始作手势:扁扁的,长圆的,大树叶样的;他头摇着,他的手不意地、困难而费力地在比画。

小岚在习惯上她是明白,这是一定要她给买大饼子(玉米饼)。小岚也作手势,她的手向着天,比作月亮大小的圆环,又把手指张开作一个西瓜形,送到嘴边去假吃。她说:"爷爷,今天是过八月节啦,所以爷爷要吃包子的。"

这时老人的胡须荡动着,包子已经是吞掉了两个。

也许是为着过节,小岚要到街上去倒壶开水来。他知道自家是没有水壶,老人有病,罐子也摆在窗沿,好像是休息,小岚提着罐子去倒水。

窗纸在自然地鸣叫,老人点起他的烟管了。

这是十分难能的事,五个包子却留下一个。小岚把水罐放在老人的身边,老人用烟管点给她,……咔……哇……

小岚看着白白的小小的包子,用她凄怆的眼睛,快乐地笑了,又悯然地哭了,她为这个包子伟大的爱,唤起了她内心脆弱得差不多彻底的悲哀。

小岚的哭惊慌地停止。这时老人哑着的嗓子更哑了,头伏在枕上摇摇,或者他的眼泪没有流下来,胡须震荡着,窗纸鸣得更响了。

"岚姐,我来找你。"

一个女孩子,小岚工厂的同伴,进门来,她接着说:"你不知道工厂要裁你吗?我抢着跑来找你。"

小岚回转头向门口作手势,怕祖父听了这话,平常她知道祖父是听不清的,可是现在她神经质了,她过于神经质了。

可是那个女孩子还在说:"岚姐,女工头说你夜工做得不好,并且每天要回家两次。女工头说小岚不是没有父母吗?她到工厂来,不说她是个孤儿么?所以才留下了她——也许不会裁了你,你快走吧!"

老人的眼睛看着什么似的那样自揣着,他只当又是邻家姑娘来同小岚上工去。

使老人生疑的是小岚临行时对他的摇手,为什么她今天不作手势，也不说一句话呢？老人又在自解，也许是工厂太忙。

老人的烟管是点起来的，幽闲的他望着烟纹，也望着空虚的天花板。凉瀸的秋的气味像侵袭似的，老人把麻袋盖了盖，他一天的工作只有等孙女。孙女走了，再就是他的烟管。现在他又像是睡了，又像等候他孙女晚上回来似的睡了。

当别的两个老乞丐在草帘上吃着饭类东西的时候，不管他们的铁罐搬得怎样响，老人仍是睡着，直到别的老乞丐去取那个盛热水的罐时，他算是醒了。可是打了个招呼，他又睡了。

"他是有福气的，他有孙女来养活他，假若是我患着半身不遂的病，老早就该死在阴沟了。"

"我也是一样。"

两个老乞丐说着，也要点着他们的烟管，可是没有烟了，要去取哑老人的。

忽然一个包子被发现了，拿过来，说给另一个听：

"三哥，给你吃吧，这一定是他剩下来的。"

回答着："我不要，你吃吧。"

可是另一个在说"我不要"这三个字以前，包子已经落进他的嘴里，好像他让三哥的话是含着包子说的。

他们谈着关于哑老人的话："在一月以前，那时你还不是没住在这里吗，他讨要过活，和我们一样。那时孙女缝穷，后来孙女入了工厂，工厂为了做夜工是不许女工回家的，记得老人一夜没有回来。第二天早晨，我到街头看他，已睡在墙根，差不多和死尸一样了。我把他拖回房里，可是他已经不省人事了。后来他的孙女每天回来看护他，从那时起，他就患着病了。"

"他没有家人么?"

"他的儿子死啦,媳妇嫁了人。"

两个老乞丐也睡在草帘上,止住了他们的讲话,直到哑老人睡得够了,他们凑到一起讲说着,哑老人虽然不能说话,但也笑着。

这是怎么样呢?天快黑了,小岚该到回来的时候了。老人觉到饿,可是只得等着。那两个又出去寻食,他们临出去的时候,罐子撞得门框发响,可是哑老人只得等着。

一夜在思量,第二个早晨,哑老人的烟管不间断地燃着,望望门口。听听风声,都好像他孙女回来的声音。秋风竟忍心欺骗哑老人,不把孙女带给他。

又燃着了烟管,望着天花板,他咳嗽着。这咳嗽声经过空冷的地板,就像一块铜掷到冰山上一样,响出透亮而凌寒的声来。当老人一想到孙女为了工厂忙,虽然他是怎样的饿,也就耐心地望着烟纹在等。

窗纸也像同情老人似的,耐心地鸣着。

小岚死了,遭了女工头的毒打而死,老人却不知道他的希望已经断了路。他后来自己扶着自己颤颤的身子,把往日讨饭的家伙从窗沿取来,挂了满身,那些会活动的罐子,配着他直挺的身体,在做出痛心的可笑的模样。他又向门口走了两步,架了长杖,他年老而蹀躞的身子上有几只罐子在凑趣般地摇动着,那更可笑了,可笑得会更痛心。

蓦然地,他的两个老伙伴开门了,这是一个奇异的表情,似一朵鲜红的花突然飞到落了叶的枯枝上去。走进来的两个老乞丐正是这样，他们悲惨而酸心的脸上，突然作笑。他们说："老哥，不要到街上去，小岚是为了工厂忙，你的病还没好，你是七十多岁的人了，这里有我们三个人的饭呢，坐下来先吃吧，小岚会回来的。"

讲这些话的声音，有些特别。并且嘴唇是不自然地起落，哑老人听不清他们究竟说的是什么，就坐下来吃。

哑老人算是吃饱了，其余的两个，是假装着吃，知道饭是不够的。他不能走路，他颤颤着腿，像爬似的走回他的铺位。

"女工头太狠了。"

"那样的被打死，太可怜，太惨。"

哑老人还没睡着的时候，他们的议论好像在提醒他。他支住腰身坐起来，皱着眉想——死……谁死了呢？

哑老人的动作呆得笑人，仿佛是个笨拙的侦探，在侦查一个难解的案件。眉皱着，眼瞪着，心却糊涂着。

那两个老乞丐，蹑着脚，拿着烟管想走。

依旧是破落的家屋，地板有洞，三张草帘仍在地板上，可是都空着，窗户用麻袋或是破衣塞堵着，有阴风在屋里飘走。终年没有阳光，终年黑灰着，哑老人就在这洞中过他残老的生活。

现在冬天，孙女死了，冬天比较更寒冷起来。

门开处，老人幽灵般地出现在门口，他是爬着，手脚一起落地地在爬着，正像个大爬虫一样。他的手插进雪地去，而且大雪仍然是飘飘落着，这是怎样一个悲惨的夜呀，天空挂着寒月。

并没有什么吃的，他的罐子空着，什么也没讨到。

别的两个老乞丐，同样是这洞里爬虫的一分子，回来了说：

"不要出去呀,我们讨回来的东西只管吃,这么大的年纪。"

哑老人没有回答,用呵气来温暖他的手,肿得萝卜似的手。饭是给哑老人吃了,别人只得又出去。

屋子和从前一样破落,阴沉的老人也和从前一样吸着他的烟管。可是老人他只剩烟管了,他更孤独了。

从草帘下取出一张照片来,不敢看似的他哭了,他绝望地哭,把躯体偎作个绝望的一团。当窗纸不作鸣的时候,他又在抽烟。

只要抡动一次胳膊,在他全像搬转一只铁钟似的,要费几分钟。

在他模糊中,烟火坠到草帘上,火烧到胡须时,他还没有觉察。

他的孙女死了,伙伴没在身边,他又哑,又聋,又患病,无处不是充满给火烧死的条件。

就这样子,窗纸不作鸣声,老人滚着,他的胡须在烟里飞着白白的。

(署名悄吟,原载于1933年8月27日、9月3日长春《大同报》周刊《夜哨》第3、4期)

广告副手

一

地板上细碎的木屑、油罐、颜料罐子，不流通的空气的气味，刺人鼻孔，散散乱乱地混杂着。

木匠穿着短袖的衬衫，摇着耳朵，胳膊上年老的筋肉，忙碌地突起，又忙碌地落下；头上流下的汗水直浸入他白色的胡子根端去。

另一个在大广告牌上涂抹着红颜料的青年，确定的不希望回答，拉起读小说的声音说：

"这就是大工厂啊！"

屋子的右半部不知是架什么机器哒哒地响。什么声音都给机器切断了！芹的叹息声听不见，老木匠的咳嗽声也听不见，只是抖着他那年老快不中用的胳膊。

芹在大牌上涂了一块白色，现在她该用红色了！走到颜料罐子的堆里去寻，肩上披着两条发辫。

"这就是大工厂啊！"

"这就是大工厂啊！"

芹追紧这个反复的声音，望着那个青年正在涂抹的一片红色，她的骨肉被割得在切痛，这片红色捉人心魂地在闪着震撼的光。

"努力抹着自己的血吧！"

她说的话别人没有听见，这却不是被机器切断的，只是她没说出口来。

站在墙壁一般宽大的广告牌前，消遣似的她细数着老木匠喘着呼吸的次数。但另一方面她却非消遣，实际地需要地想下去：

"我决不能涂抹自己的血！……每月二十元。"

"我决不能涂抹自己的血，我不忍心呀！……二十元。"

"米袋子空了！蓓力每月的五元稿金，现在是要提前取出来用掉了！"

"可是怎么办？二十元……二十元……二十元……"

她爽快地拉条短凳在坐着。脑壳里的二十元，就像一架压榨机一样，一发动起来，不管自己的血，人家的血，就一起地从她的笔尖滴落到大牌子上面。

那个青年蹲着在大牌子上画。老木匠面向窗口，运着他的老而快不中用的胳膊。三个昏黄的影子在墙上，在牌子上慌忙地摇晃。

外面广茫的夜在展开着。前楼提琴响着，钢琴也响着。女人的笑声，经过老木匠面向的窗口，声音就终止在这暗淡的灯光里了！木匠带着胡子，流着他快不中用的汗水。那个披着发辫的女人登上木凳在涂着血色；那个青年蹲在地板上也在涂着血色。琴声就像破锣似的，在他们听来，不尊贵，没有用。

"这就是大工厂啊！他妈妈的！"

这反复的话，隔一段时间又要反复一遍，好像一盘打字机似的，从那个青年的嘴里一字一字地跳出。

芹摇晃着影子，蓓力在她的心里走……

"他这回不会生气的吧？我是为着职业。"

"他一定会晓得我的。"

门扇打开，走进一个鼻子上架着眼镜，手里牵着文明杖，并且上唇生着黑鼻涕似的小胡的男人。他进来了，另一个用手帕掩着嘴的女人，也走来了。旗袍的花边闪动了一下，站在门限。

"唔，我可受不了这种气味，快走吧！"

男人正在鉴赏着大牌子上的颜色，他看着大牌子方才被芹弄脏了的红条痕。他的眼眉在眼镜上面皱着，他说：

"这种红色不太明显，不太好看。"

穿旗袍的女人早已挽起他的胳膊，不许再停留一刻。

"医生不是说过吗？你头痛都是常到广告室看广告被油气熏的。以后用不着来看，总之，画不好凭钱不是什么都可以做到吗？画广告的不是和街上的乞丐一样多吗？"

门扇没给关上，开着，他们走了。他们渐去渐远的话声，渺茫得可以听到：

"……女人为什么要做这种行道？真是过于拙笨了，过于想不开了……"

那个青年摇着肩头把门关好，又摇动着肩头在说："叫你鉴赏着我们的血吧！就快要渲染到你们的身上了……"

他说着，并且用手拍打自己的膝盖。

芹气得喘不上气来，在木凳上痴呆茫然地立着，手里红颜色的笔溜到地板上，颜料罐子倒倾着。在将画就的大牌子上，在她的棉袍上，爬着长条的红痕。

青年摇起昏黄的影子向着芹的方面：

"这可怎样办？四张大牌子明天就一起要。现在这张又弄上红色，方才进来的人就是这家影院的经理，那个女人就是他的姨太太。"

芹的影子就像钉在大牌子上似的，一动不动。她在失神地想啊：

"这就是工厂啊！方才走进来的那个长小胡的男人不也和工厂主一样吗？别人在黑暗里涂抹的血，他们却拿到光明的地方去鉴赏、玩味！"

外面广茫的夜在流着。前楼又是笑声、拍掌声，带着刺般传来，突刺着芹的心。

广告室里机器响着，老木匠流着汗。

老木匠的汗为谁流呢？

二

房门大开着，碗和筷子散散乱乱地摊在炉台上，屋子充满黄昏的颜色。

蓓力到报馆送稿子回来，一看着门扇，他脸就带上了惊疑的色彩，心不平静地在跳：

"腊月天还这样放空气吗？"

他进屋摸索着火柴和蜡烛，他的手惊疑地在颤动。他的心假装平静无事地跳，他的嘴努力平静着在喊：

"你快出来，我知道你又是藏在门后了！"

"快出来！还等我去门后拉你吗？"

脸上笑着，心里跳着，蜡油滴落了浇了满手。他找过外屋门后没有，又到里屋门后：

"小东西，你快给我爬出来！"

他手按住门后衣挂上的衣服，不是芹。他脸上为了不可遏止的惊疑而愤怒，而变白。

他又带着希望寻过了床底、小厨房，最后他坐在床沿，无意识地掀着手上的蜡油，心里是这样地想：

"怎么她会带着病去画广告呢？"

蜡油一片一片地落到膝盖上，在他心上翻腾起无数悲哀的波。

他拿起帽子，一种悲哀而又勇敢的力量推着他走出房外，他的影子投向黑暗的夜里。

门在开着，墙上摇颤着空虚寂寞的憧影，蜡烛自己站在桌子上燃烧。

三

帽子在手里拿着，耳朵冻得和红辣椒一般，他跑到电影院了。太太和小姐们穿着镶边的袍子从他的眼前走过，只像一块肮脏的肉，或是一个里面裹着什么腥臜东西的花包袱，无手无足地在一串串地滚。

但，这是往日的情形，现在不然了。他恨得咬得牙齿作响，他想把这一串串的包袱肚子给踢裂。

电影院里，拍手声和笑声，从门限射出来，蓓力手里摆着帽子，努力抑止脸上急愤的表情，用着似平和的声音说：

"广告室在什么地方？"

"有什么事？"

"今天来画广告的那个女人，我找她。广告室在什么地方？"

"画广告的人都走了，门关锁了！"

"不能够，你去看看！"

"不信把钥匙给你去看。"

站在门旁那个人到里面，真的把钥匙拿给蓓力看了。钥匙是真的，蓓力到现在，把方才愤怒的方向转变了。方才的愤怒是因芹带着病画广告，怕累得病重；现在他的愤怒是转向什么方向去了呢？不用说，他心内冲着爱和忌妒两种不能混合的波浪。

他走出影院的门来，帽子还是在手里拿着，有不可释的无端的线索向他抛着：

"为什么呢？她不在家，也不在这里？"

满天都是星，各个在闪耀，但没有一个和蓓力接近的，他的耳朵冻得硬了！他不感觉，又转向影院去，坐在大长椅上。电影院里扰嚷着嘈杂的烦声，来来去去高跟鞋子的脚，板直的男人裤腿、手杖，女人牵着的长毛狗。这一切，蓓力今天没有骂他们，只是专心地在等候。他想：

"芹或者到里面看电影去了？工作完了在这里看电影是很方便的。"

里门开放了，走出来麻雀似的人群，吱吱地闹着骚音。蓓力站起来，眼睛花了一阵在寻找芹。

芹在后院广告室里，遥远缥缈地听着这骚音了。蓓力却在前房里寻芹。

门是开着，屋子里的蜡燃烧得不能再燃烧了！尽了！蓓力从影院回来的时候，才发觉自己是忘掉把蜡吹灭就走出去。

屋子给风吹得冰冷，就和一个冰窖似的。门虽是关好，门限那儿被风带进来的雪霜凛凛地仍在闪光。仅有的一支蜡烛烧尽了！蓓力只得在黑暗里摸索着想：

"一看着职业什么全忘了，开着门就跑了！"

冷气充满他的全身，充满全室，他耳朵冻得不知道痛，躬着腰，他倒在床间。屋子里黑魆魆的，月光从窗子透进来，但，只是一小条，没有多大帮助。门口间被风带进来的雪的沙群，凛凛地闪着泪水般的光芒。蓓力用他僵硬的手掠着头发在想：

"看到职业，什么全忘了！开着门就跑了！"可是现在为什么她不在影院呢，到什么地方去了？除开职业之外，还有别的力量躲在背后吗？"

他想到这里，猛然咒骂起自己来了：

"芹是带着病给人家画广告去，不都是为了我们没有饭吃吗？现在我倒是被别的力量扰乱了！男人为什么要生着这样出乎意外的怀疑心呢？"

四

蓓力的心软了,经过这场愤恨,他才知道芹的可爱,芹的伟大处。他又想到影院去寻芹,接她回来,伴随着她,倚着肩头,吻过她,从影院把她接回来。

这不过是一刻的想象,事实上他没那么做。

他又接着烦恼下去,他不知道是爱芹还是恨芹。他手在捶着床,脚也在捶床。乱捶乱打,他的心要给烦恼涨碎了,烦恼把一切压倒。

落在门口间地板上的雪,像刀刃一样在闪着凛凛的光。

蓓力蓬着头发,眉梢直竖到伏在额前的发际,慌怔的影子从铁栅栏的大门投射出来,向着路南那个卖食物的小铺走去。

五

影院门又是闹着骚音,芹同别的人,同看电影的小姐少爷们,从同一个门口挤出来。她脸色也是红红的,别人香粉的气味也传染到她的身上。

她同别人走着一样畅快的步子,她在摇动肩头,谁也不知道她是给看电影的人画广告的女工。街旁没有衣食的老人,他知道凡是看电影的大概都是小姐或太太,所以他开始向着这个女工张着向小姐们索钱的手,摆着向小姐们索钱的姿势。手在颤动,板起脸上可怜的笑容,眼睛含着眼泪,嗓子喑哑,声音在抖颤。

可怜的老人，只好再用他同样的声音，走向别一群太太、小姐或绅士般装束的人们面前。

老头子只看芹的脸红着，衣服发散着香气，他却不知道衣服的香味是别人传染过来的。脸红是在广告室里被油气和不流通的空气熏的。

芹心跳，她一看高悬在街上共用的大钟快八点了。她怕蓓力在家又要生气，她慌忙地摇着身子走，她肚子不痛了，什么病也从她身上跑开了。

她又想蓓力不会生气的，她知道蓓力平时是十分爱她。她兴奋得有些多事起来。往日躲在楼顶的星星，现在都被她发现了，红色的、黄色的、白色的，但在星星的背后似乎埋着这样的意义：

"这回总算不至于没有桦子烧了。米袋子会涨起，我们的肚子也不用忧虑了。屋子可以烧得暖一点，脚也不至于再冻破下去，到月底取钱的时候，可以给蓓力买一件较厚的毛衣。腊月天只穿一件夹外套是不行呢！"

她脚虽是冻短了，走路有些歪斜，但，这是往日的情形，现在她理由充足地在摇着肩头走。

在铁栅栏的大门前，蓓力和芹相遇了。蓓力的脸，没有表情，就像没看着芹似的，蓬着头发走向路南小铺去。

芹方才的理由到现在变成了不中用。她脸上也没有表情，跟住蓓力走进小铺去。蓓力从袖口取出玻璃杯来，放在柜台上，并且指着摆在格子上的大玻璃瓶。

芹抢着他的手指说：

"你不要喝酒！"

纯理智的这话没有一点感情。没有感情的话谁肯听呢？

蓓力买了两毛钱酒，两支蜡烛。

一进门，摸着黑，他把酒喝了一半；趁着蓓力点蜡的机会，芹把杯子举起，剩余的一半便吞下她的肚里去。

蓓力坐下，把酒杯高举，喝一口是空杯，他望着芹的脸笑了笑。因为酒，他脸变得通红；又因为出去，手拿着帽子，耳朵更红了。

蓓力和芹隔着桌子坐着，蜡烛在桌上站立，一个影子落在东墙，一个影子落在西墙，两个影子相隔两处在摇晃着。

蓓力没有感情地笑着说：

"你看的是什么影片呀？"

芹恐惶地睁大了眼睛，她的嗓子浸进眼泪去，喑哑着说：

"我什么都不能讲给你，你这话是根据什么来路呢？"

蓓力还用着他同样的笑脸说：

"当我七点钟到影院去寻你，广告室的门都锁了！"

芹的眼泪似乎充满了嗓子，又充满了眼眶，用她喑哑的声音解辩：

"我什么时候看的电影？你想我能把你留家，自己坐在那里看电影吗？我是一直画到现在呀！"

蓓力平时爱芹的心现在没有了。他不管芹的声音喑哑，仍在追根，并且确定地用手作着绝对的手势说：

"你还有什么可说？锁门的钥匙都拿给我看了！"

芹的理由没有用了，急得像个小孩子似的摇着头，瞪着眼，脸色急得发青，酒力冲上来，脸色发着红。

蓓力还像有话要说似的，但是他肚子里的酒，像要起火似的烧着，酒的力量叫他把衣服脱得一件不留，光着脚在地板上走来走去。一会他又把衣裳、裤子、袜子一件一件地摊在地板上，最后他坐在衣服上，用被风带进来的霜雪擦着他中了酒通红的脚，嘴在唱着说：

"真凉快呀，我爱的芹呀，你不来洗个澡吗？"

他躺在地板上了，手捉抓着前胸，嘴里在唱，同时作呕。

他又歪斜地站起，把屋门打开，立时又关上了。他嚷着中国人送灶王爷的声调：

"灶王爷开着门上西天！"

他看看芹也躺在地板上了，在下意识里他爱着芹，他把他摊在地板上的衣服，都掀起来给芹盖好。他用手把芹的眼睛张开说：

"小妹妹，你睁开眼睛看看，把我的衣服脱得一件不留给你盖上，怕你着凉，你还去画广告吗？"

芹舌头短了，不能说话了。

蓓力反复地问她，她不能说话，蓓力持着酒气，孩子般地恼了。把衣裳又一件件地从芹身上取下来，重铺到地板上，和方才一样，用霜雪洗着脚，蜡烛昏黄的影子，和醉了酒的人一致地摇荡。夜深寂静的声音在飘漾着。蓓力被酒醉得用下意识在唱：

"看着职业，开着门就跑了！"

"连我也不要了！"

"连我也不要了!开着门就跑了……"

六

第二天蓓力病了!冻病了!芹耐着肚子痛从床上起来,蓓力问她:

"你为什么还起得这样早?"

芹回答:

"我去买样子!"

在这话后面,却是躲着别的意思:

"四个大牌子怕是画不出来,要早去一点。"

芹肚子痛得不能直腰,走出大门口去,一会样子送来了,她在找钱,蓓力的几个衣袋找遍了。她惊恐地问蓓力:

"昨天的五角钱呢?"

蓓力想起来了:

"昨晚买酒和蜡烛的五角钱给了小铺了!"

送样子的人在门外等着,芹出去,低着头说:"一时找不到钱,下午或是明天来拿好吗?"

那个人带着不愿意的脸色,掮起样子来走了。芹是眼看着样子被人掮走了!

七

正是九点一刻,蓓力的朋友(画广告的那个青年)来了。

他说:"昨夜大牌子上弄的那条红痕被经理看见了。他说芹当广告副手不行,另找来一个别的人。"

(该篇创作日期、首发处不详,收入哈尔滨五画印刷社1933年10月出版的《跋涉》)

叶子

园中开着艳艳的花,有蝴蝶儿飞,也有鸟儿叫。小姑娘叶子,唱着歌,在打旋舞,为了扑蝴蝶把裙子扯破。妈妈站在门口:

"叶子,你这孩子。"

她什么都听不见,花枝一排一排地倒在脚下,把蝴蝶扑在手里。

太阳把雪照成水了,从房檐滴到了满阶。后来树枝发芽,树叶成荫了,后园里又飞着去年的蝴蝶。五月来到,后园和去年一样,蝴蝶戏着小姑娘们玩,蝴蝶被扑着。可是叶子,她不扑蝴蝶了,尽管在那儿幽思,望着天上多彩的云,望着插向云中的树梢,一会儿用扇子遮住她幽思的眼睛。

妈妈站在门口:"叶子,你为什么总坐在那儿想啊,脸儿怕瘦了?"

她常常在园里静思,暑假慢慢地来到,表哥——莺,回来了。以后花园里,又是旋舞,扑蝴蝶。叶子的歌声天天在后园里鲜明着。莺哥和叶子坐在树下,树叶有时落在腿上,后来树叶绕着腿飞。

暑假过去，莺哥回学校了，园里飞着树叶。只因没有蜂儿，鸟雀回巢，蝴蝶飞过墙东不再回来，一切被莺哥带了去似的。叶子倒在床上害病，脸儿渐渐黄，爸妈着急，医生来了一个又一个，药瓶摆在床头，脸儿更黄更瘦。

外面飘起白白的雪，妈妈问："为什么病呢？对妈妈说。"

叶子只是默默地等着寒假，常常翻着日历，10号，11号……15号了，她想莺哥哥接近着她了，穿着干净的衣裳，坐在窗里望。真的有人在叫门，叶子心跳着。妈妈去开了门，穿着青制服、青呢帽，踏着雪响，莺哥微笑着。他问："叶子呢？"

说话时他看着叶子在窗里向他笑了笑。妈妈说着关于叶子病的话走进客厅了。妈妈又说："叶子，半年是闹着病，脸儿黄瘦。"

莺哥慌忙着去见叶子，可是他走进内室了，衣上带着冷气。走近叶子的床，向她问："病了吧？很弱。"

她感到茫然了，眼睛无力地瞅着床，没有答话，把头低下。他没有再问，心痛着走进内室去。妈妈在客厅里说着叶子的病时，叶子在屋里听着哭了，面向着飞雪的窗外。

在东房莺哥常常发闷，有时整夜不灭灯，后来咳嗽，都说孩子大了应该定亲。他的叔叔来，说谁家的女子好，问他："你愿意不？我想你的学费都是舅家供给，又是住在舅家，不能不信吧？"他的叔叔又指着叶子的爸爸和妈妈说："并且舅父和舅母也同意。"

就是那夜，他整夜寻思着。第二天他的爸爸戴着没有耳朵的帽子背着包袱来了，没有进客厅，直接到东房去。唉，莺哥怎不难过呢。妈妈死了，爸爸上山去打柴，自己住在舅家。于是他哭了，爸爸也哭了。

叶子走进东房，火炉在地心，没生火，窗上全是冰霜。她招呼仆人，把炉子生上火，又到自己房里拿了厚的被子给莺哥。妈妈骂了她："什么事都用得着你！"

穷人没有亲戚。到晚间，他的爸爸又戴着没有耳朵的帽子走了，去经风霜。

叶子在莺哥的房里，可是莺哥一天比一天病重。叶子常常挨骂，可是莺哥的病只有沉重。

妈妈说："不要以为你还是小孩子，你是十四五岁啦，莺哥都该娶媳妇了，不可以总在一块。"

妈妈又接着说："自己该明白吧，他那样穷，并且亲已订妥。"

莺哥八天不能起床，可怜的莺哥，连叶子也不能多见，在那间空洞的房里只有爸爸陪着他。起先舅母拿钱给请医生，现在不给他请医生了。于是可怜的莺哥走在死路上。

每天夜里，别人都睡了的时候，那个管家——王四要给东房送书，这是叶子背着妈妈叫送的。

昨夜特别的，莺哥总是不睡，想说的话，又像不愿意说似的。肺痛得也像轻了些，但是他的眼睛想哭。

"爸爸，叶子怎么总不过来呢？我还拿她几本书，怎么还不来取呀？又病了吗？爸爸叫叶子来，呵，叶子一定要来。"他说时把眼泪滴到枕头上。

爸爸只得答应了去找叶子：

"好吧，不要难过，你再睡一会儿，亮了天我去叫她。"

天是大亮了,还不去叫叶子,让老头子怎样去找叶子呢?住在别人家里,自己的儿子有病,怎敢扰乱别人呢?

还不到中午,莺哥被装进棺材里。

送棺材的人们站到大门口,只有莺哥的爸爸和棺材往东下去。

蝶儿飞着,鸟儿叫着,又到五月了,叶子坐在后园冥想,莺哥的爸爸担着柴草经过后门了。

(署名悄吟,原载于1933年10月15日长春《大同报》周刊《夜哨》第9期)

清晨的马路上

一

"耕种烟……双鹤……大号……粉刀烟……"

"粉刀……双鹤……耕种烟……"

小孩子的声音脆得和玻璃似的,凉水似的浸透着睡在街头上的人们,在清晨活着的马路,就像已死去好久了。人们为着使它再活转来,所以街商们靠住墙根,在人行道侧开始罗列着一切他们的宝藏财富。卖浆汁的王老头把担子放下,每天是这样,占据着他自己原有的土地。他是在阴沟的旁侧,搭起一张布篷,是那样有趣的,围着他的独臂工作一切。现在烧浆汁的小锅在吐气,王老头也坐在那布篷里吐着气,是在休息。他同别的街商们一样,感到一种把生命安置得妥适的舒快。

卖烟童们叫着:

"粉刀、双鹤、耕种烟……"

"大号双鹤烟……"

小胸膛们响着，已死的马路被孩子们的呼唤活转来，街车渐多，行人渐多，被孩子们召集来的赛会，蚂蚁样的。叫花子出街了，残废们没有小腿，把鞋子穿在手上，用胳膊来帮助行走，所以变成四条腿的独特的人形。这独特的人形和爬虫样，从什么洞里爬出来，在街上是晒太阳吗？闲走吗？许多人没有替他想过，他是自己愿意活，就爬着活，愿意死，就死在洞里。

一辆汽车飞过来，这多腿人灰白了，一时他不知怎样做，好像一只受了伤的老熊遇到猎人。他震惊，他许多腿没有用，他的一切神经折破。于是汽车过去了。大家笑，大家都为这个多腿人静止了。等他靠近侧道时，他自己也笑了。可是不晓得他为什么要笑？眼睛望到马路的中央去，帽子在那变成一个破裂的瓜皮样，于是多腿人探出蒸气的头，他怨笑。

在布篷看守小锅的王老头，用他的独臂装好一碗浆汁，并且说，露出他残废的牙齿来："你吃吧！热的。"

但是帽子给汽车轧破的人却无心吃，他忧虑着。仅仅一个污秽的帽子他还忧虑着。王老头的袖子用扣针扣在衣襟上，热情地替别人去拾帽子。终于那个人拿到破裂的瓜皮，对王老头讲，这帽子怎样缝缝还不碍事。王老头说："不碍事，不碍事，把这碗喝下吧，不要钱的！"

二

为着有阳光的街，繁忙的街，卖烟童们的声音嘶哑了。

正午时，王老头喝他的浆汁，对于他怕吃烧饼，因为烧饼太值钱。

卖馒头的小伙子走近人行道,打开肩箱,卖给街商们馒头。有的是彼此交换的,把馒头换成袜子或是什么碎的布片。

小林的妈妈在等小林回来吃中饭。小林回来了,在饭桌上父亲说:"小林,下午你要休息,怕是嗓子太哑了,爸爸来替你。"

小林的爸爸患着咳嗽病,终年不能停息,到了秋天的季节,病患更烦恼他。于是,爸爸一个月没有卖报去。

小林在炕上把每盒烟卷打开,取出像片来,听说别的卖烟童们用像片换得金表或钞票。有时就连妈妈也来帮助儿子做这种事。可是,从来没换取过什么。

小林的哥哥大林回来了。他把两元钱交给母亲,他向弟弟说:"不要总玩弄那些。"

弟弟生气了:"那么玩弄什么呢?我觉得很有意思。"

妈妈把钱藏在小箱中,并且望着小林说:"明天可以多买烟卷了。"

大林显然回到家中是苦闷了。妈妈是慈爱的,对小林说:"把烟给哥哥吸。"

小林取过一盒烟来,他爱惜烟卷好比生命似的。但做哥哥的没有这样残忍的情感来吸这烟,大林想:"一盒便宜的烟卷要五分钱,卖一盒烟卷才赚一分钱。卖一盒烟要弟弟多少喊声呢。"

他总是十几天或者一个月才回家一次,也不在家住过。这夜他是挨着善于咳嗽的爸爸睡下的。爸爸是那样惹人怜,彻夜咳嗽。大林知道西药铺有止咳药,可是爸爸和妈妈一起止住他。

"林儿,今夜你是住在家中,那么明夜呢?长久了是没有钱的。"

大林显然这又烦恼着了,夜里他失眠,奇怪的爸爸虽是咳嗽,同时要给他盖过被子无数次。

同院的人们起来了,大街上仍是静悄悄,连太阳都没有。大林没有洗他的脸,走向了他要去的地方。

三

这多么沉重的夜呀,大林在昏闷中经过长短街。一间客厅里有许多朋友,从窗子看进去,知道这又是星期日了。这是朋友家的一间客厅,也是许多熟人的一个闲荡处,好比一个杂货间,有穿长短袍、马褂的朋友,有穿西服的,有头发毛毛的,并且脸色枯黄的朋友。

大林坐在那里像一个蚌壳。假若有雨雪在他身上,他也不会感觉。别的朋友拿给他一支烟,对于烟好比是一条有毒的小白蛇,大林看它是这样。等他十分无兴致的时候,他又徘徊在街上。街心的一切,对他都没有意义,他坐在椅子上。

父亲和弟弟却奇怪地来到他的近前。

"哥哥,你今晚回家吧!妈妈说,我若能用像片换得来什么的时候今晚就吃鱼。现在我是十元钱得到的。"

父亲也为了意外的成功充塞着:"今晚你要吃鱼的,大林。"

老头子走在人群里,消失了……

四

是冬天？是夜间？在那个朋友的客厅里，连意想也没有意想，当他听到别人讲说关于烟像片换钱的时候。

"实在的，可以换到钱的，我可以给你一个证明。"朋友说。

"证明吧！"大林却把眼睛沉静着，没有相信这事儿。

当夜他住在朋友的宿舍里，在梦里，他是这样可怕：整个房屋给风雪刮倒了。妈妈在风雪中哭泣，因为弟弟没有了，爸爸不见了，她不能寻到他们。

这是早晨吧，大林回家去看妈妈了。大街上骚闹的一片，卖浆的王老头，他的头从白布篷里探出来，把大林唤进去，说："小林现在住在我家的，前夜你的父母是被一些什么人带走的，理由是因为你，北钟已是几天不敢回家了。"

北钟是王老头的儿子，在中学里和大林同学，现在是邻居。他同大林一样，常常不归家，使父母们，渺茫中担着忧。

小林为着失掉了妈妈，卖烟童们也失掉了他，街上再寻不到他的小声音了。

（署名悄吟，原载于1933年11月5日、11月12日长春《大同报》周刊《夜哨》第12、13期）

渺茫中

"两天不曾家来，他是遇到了什么事呢？"

街灯完全憔悴了，行人在绿光里忙着，倦怠着归去，远近的车声为着夜而困疲。冬天驱逐叫花子们，冬天给穷人们以饥寒交迫。现在街灯它不快乐，寒冷着把行人送尽了！可是大名并不归来。

"宝宝，睡睡呵！小宝宝呵！"楼窗里的小母亲唱着，去看看乳粉，盒子空了！去看看表，是十二点了！

"宝宝呵！睡睡。"小母亲唱着，睇视着窗外，白月照满窗口，像是不能说出大名的消息来。小宝宝他不晓得人间的事，他睡在摇篮里。过道有脚步声，大名么？母亲在焦听这足音，宝宝却哭了！他不晓得母亲的心。

一夜这样过着，两夜这样过着，隔壁彻夜有说话声。这声音来得很小，一会儿又响着动静了。有点像是大名的声音，皮鞋响也像，再细心点听，寂静了！窗之内外，一切在夜语着。偶然一声女人的尖笑响在隔壁，再细心听听，妇人知道那却是自己的丈夫睡到隔壁去了！

枕、床都在变迁,甚至联想到结婚之夜,战惊着的小妇人呀!好像自己的秘密已经摆在人们的眼前了。听着自己的丈夫睡在别人的房里,该从心孔中生出些什么来呢?这不过是一瞬间,再细心听下去什么声音都没有了。一切在夜语着。对于妇人,这是个渺茫的隔壁,妇人幻想着:"他不是说过吗?在不曾结婚以前,他为着世界,工作一切,现在,也许……"

第三天了!过道上的妇人们,关于这渺茫的隔壁传说着一切:"那个房间里的妇人走了,是同一个男人走的。都知她是很能干的,可是谁也没见。总之,她的房里常常有人住宿和夜里讲话,她是犯了罪……"

小母亲呀!你哭吧!

"宝宝,睡呀,睡呀……"

过去这个时代小宝宝会跑了,又过几年,妈妈哭他会问:"妈妈,为什么要哭呢?"

孩子仍是不晓得母亲的心,问着问着,在污浊的阴沟旁投射石子。他还是没出巢的小鸟,他不晓得人间的事。

妇人的衣襟被风吹着,她望着生活在这小街上同一命运的孩子们击石子。宝宝回过头来问:"妈妈,你不常常说爸爸上山追猴子,怎么总不回来呢?"

夕阳照过每家的屋顶,小街在黄昏里,母亲回想着结婚的片片,渺茫中好像三月的花踏下泥污去。

(署名悄吟,原载于1933年11月26日长春《大同报》周刊《夜哨》第14期)

马房之夜

等他看见了马颈上的那串铜铃,他的眼睛就早已昏盲了,已经分辨不出那坐在马背上的就是他少年的同伴。

冯山——十年前他还算是老猎人。可是现在他只坐在马房里细心地剥着山兔的皮毛……鹿和狍子是近年来不常有的兽类,所以只有这山兔每天不断地翻转在他的手里。他常常把刀子放下,向着身边的剥着的山兔说:

"这样的射法,还能算个打猎的!这正是肉厚的地方就是一枪……这叫打猎?打什么猎呢!这叫开后堵……照着屁股就是一枪……"

"会打山兔的是打腿……杨老三,那真是……真是独手……连点血都不染……这可倒好……打个牢实,跑不了……"他一说到杨老三,就不立刻接下去。

"我也是差一点呢!怎样好的打手也怕犯事。杨老三去当胡子那年,我才二十三岁,真是差一芝麻粒,若不是五东家,我也到不了今天。三翻四覆地想要去……五东家劝我:还是就这样干吧!吃劳金,别看捞钱少。年轻轻的……当胡子是逃不了那最后一条路。若不是五东家就可真干了,年轻的那一伙人,到现在怕是只有五东家和我了。那时候,他开烧锅……见一见,三十多年没有见面。老兄弟……从小就在一块……"他越说越没力量。手下剥着的山兔皮,用小刀在肚子上划开了,他开始撕着:"这他妈的还算回事!去吧!没有这好的心肠剥你们了……"拉着凳子,他坐到门外去抽烟。

飞着清雪的黄昏,什么也看不见,他一只手摸着自己的长筒毡靴,另一只手举着他的烟袋。

从他身边经过的拉柴的老头向他说:"老冯,你在喝西北风吗?"

帮助厨夫烧火的冻破了脚的孩子向他说:"冯二爷,这冷的天,你摸你的胡子都上霜啦。"

冯山的肩头很宽,个子很高,他站起来几乎是触到了房檐。在马房里他仍然是坐在原来的地方。他的左边有一条板凳,摆着已经剥好了的山兔;右边靠墙的钉子上挂着一排一排的毛皮。这次他再动手工作就什么也不讲了,一直到天黑,一直到夜里他困在炕上。假若有人问他:"冯二爷,你喝酒吗?"这时候,他也是把头摇摇,连一个"不"字也不想再说。并且在他摇头的时候,看得出他的牙齿在嘴里边一定咬得很紧。

在鸡鸣以前,那些猎犬被人们挂了颈铃,哐啷啷地走上了旷野。那铃子的声音好像隔着村子,隔着树林,隔着山坡那样遥远了去。

冯山捋着胡子,使头和枕头离开一点,他听听:

"半里路以外……"他点燃了烟袋,那铃声还没有完全消失。

"嗯……许家村过去啦！嗯……也许停在白河口上，嗯！嗯……白河……"他感受到了颤索，于是把两臂缩进被子里边。烟袋就自由地横在枕头旁边，冒着烟，发着小红的火光。为着多日不洗刷的烟管，呲呲地，像是鸣唱似的叫着。在他用力吸着的时候，烟管就好像蹲在房脊上的鸽子在睡觉似的……咕……咕……咕……

假若在人们准备着出发的时候他醒来。他就说："慢慢的，不要忘记了干粮，人还多少能挨住一会，狗可不行……一饿它就随时要吃，不管野鸡，不管兔子。也说不定，人若肚子空了，那就更糟，走几步，就满身是汗，再走几步那就不行了……怕是遇到了狼也逃不脱啦……"

假若他醒了，只看到被人们换下来的毡靴，连铃子也听不到的时候，他就越感受到孤独，好像被人们遗弃了似的。

今夜，虽然不是完全没有听到一点铃声，但是孤独的感觉却无缘无故地被响亮的旷野上的铃子所唤起……在冯山的心上经过的是：远方、山、河……树林……枪声……他想到了杨老三，想到了年轻时的那一群伙伴：

"就只剩五东家了……见一见……"

他换了一袋烟的时间，铃声完全断绝下去。

"嗯！说不定过了白河啦……"因为他想不出昏沉的旷野上猎犬们跑着的踪迹。

"四十来年没再见到，怕是不认识了……"他无意识地又捋了一下胡子，摸摸鼻头和眼睛。

烟管伴着他那遥远的幻想，嘶嘶的鸣叫时时要断落下来。

于是他下唇和绵绒一般的白胡子也就紧靠住了被边。

三月里的早晨，冯山一推开马房的门扇，就撞掉了几根挂在檐头的冰溜。

他看一看猎犬们完全没有上锁，任意跑在前面的平原上，孩子们也咆哮在平原上。

他拖着毡靴向平原奔去。他想在那里问问孩子们，五东家要来是不是真事？马倌这野孩子是不是扯谎？

白河在前边横着了。他在河面上几次都是要跑下去。那些冰排，那些发着响的，灰色的，亮晶晶的被他踏碎了的一块一块的冰块，使他疑心道："不会被这河葬埋了吧？"

他跑到平原，随意抓到一个结着辫子的孩子，他们在融解掉白雪的冰地上丢着铜钱。

"小五子是要来吗？多少时候来？马倌不扯谎？"小五子是五东家年轻的时候留给他的称呼。

"干什么呀？冯二爷……你给人家踏破了界线！"小姑娘推开了他，用一只脚跳着去取她的铜钱。

"回家去问问你娘，五东家要来吗？多少时候来？你爹是赶车的，他是来回跑北荒的，他准知道。"

他从平原上回来的时候，连自己也不知道为什么一路上总是向北方看去，那一层一层的小山岭，山后面被云彩所弥漫着，山后面的远方，他是想看也看不到的，因为有山隔着。就是没有山，他的眼睛也不能看得那么远了。于是他想着通到北荒去的大道，多少年了……几十年……从和小五子分开，就没再到北荒去。那道路……嗯……恐怕也改变啦……手里拿着四耳帽子,膝盖向前一拱一拱地过了白河,河冰在下面咯吱地呻叫。

他自己说:"雁要来了,白河也要开了。"

大风的下午,冯山看着那黄澄澄的天色。

马倌联着几匹马在檐下遇到了他:"你还不信吗?你到院里去问问,五东家明天晌午不到,晚饭的时候一定到……"在马身上他高抬着右手,恰巧大门洞里走进去一匹骑马,又加上马倌那摆摆的袖子,冯山感到有什么在心上爆裂了一阵。

"扯谎的小东西,你不骗我?你这小鬼头,你的话,我总是信一半,疑一半……"冯山向大门洞的方向走去,已经走了一丈路他还说:"你这小子扯谎的毛头……五东家,他就能来啦!也是六十岁的人了……出门不容易……"他回头去看看,马倌坐在马背上连头也不回地跑去了。

冯山也跑了起来:"可是真的?明天就来!"他越跑,大风就好像潮水似的越阻止着他的膝盖。

第一个,他问的少东家,少东家说:"是,来的。"

他又去问倒脏水的老头,他也说:"是。"

可是他总有点不相信:"这是和我开玩笑的圈套吧?"于是他又去问赶马爬犁的马夫:"李山东,我说……北荒的五东家明天来?可是真的?你听见老太太也是说吗?"

"俺山东不知道这个。"他用宽大的扫帚,扫着爬犁上的草末绞着风,扑上了人脸。

冯山想:"这爬犁也许就是进城的吧?"但是他离了他,他想去问问井口正在饮马的闹嚷嚷的一群人。他向马群里去的时候,他听到冯厨子在什么地方招呼他:"冯二爷,冯二爷……你的老朋友明天就来到啦！"

他反过身来，从马群撞出来，他看到马群也好像有几百匹似的在阻拦着他。

"这是真的了！冯厨子，那么报信的已经来啦！"

"来啦！在，在，在大上房里吃吃饭！"

冯山在厨房的门口打着转，烟袋插在烟口袋里去，他要给冯厨子吃一袋烟。冯厨子的络腮胡子在他看来也比平日更庄严了些。

"这真是正经人，不瞎开玩笑……"

他点燃一根火柴，又燃了一根火柴。

在他们旁边的窗子哐地摔落下来。这时候他们走进厨房去，坐在那靠墙壁的小凳上。他正要打听冯厨子关于五东家今夜是停在河西还是河东，他听到上房门口有人为着那报信的人而唤着："冯厨子，来热一热酒！"

冯山他总想站到一群孩子的前面，右手齐到眉头的地方，向远方照着。虽然他是颤抖着胡子，但那看，却和孩子们的一样。

中午的时候，连东家的太太们也都来到了高岗，高岗下面就临着大路。只要车子或是马匹一转过那个山腰，用不了半里路，就可以跑到人们的脚下。人们都望着那山腰发白的道路。冯山也望着山腰也望着太阳，眼睛终于有些花了起来，他一抬头好像那高处的太阳就变成了无数个。眼睛起了金花，好像那山腰的大道也再看不见了。太阳快要靠近了山边的时候，就更红了起来，并且也大了，好像大盆一样停在山头上。他一看那山腰，他就看到了那大红的太阳，连山腰也不能再看了。于是低下头去,扯着腰间的蓝布腰带的一端揩着眼睛。

孩子们说:"冯二爷哭啦!冯二爷哭啦……"

他连忙把腰带放下去,为的是给孩子们看看:"哪里哭……把眼睛看花啦……"

山腰上出现了两辆车子和一匹骑马。

"来啦!来啦!……骑黑马……"

"正正是,去接的不就是两辆车子吗?"

"是……是……"

孩子们,有的下了高岗顺着大道跑去了。冯山的白胡子像是混杂了金丝似的闪光,他扶着孩子们的肩头,好像要把自己来抻高一点:"来到什么地方了呢?来到——"有人说:"过了太平沟的桥了!"有人说:"不对……那不是有排小树吗?树后面不就是井家岗吗?井家岗是在桥这边。"

"井家岗也不过就是两袋烟的工夫。"

看得见骑黑马的人是戴着土黄色的风帽,并且骑马渐渐离开车子而走在前边,那马串铃的声响也听得到了。

冯山的两只手都一齐地遮上了眉头,等他看见了马颈上的那串铜铃,他的眼睛就早已昏盲了,已经分辨不出那坐在马背上的就是他少年时的同伴。

他走了一步,他再走了一步,已经走下了高岗。他过去,他扒住了那马的辔头,他说:"五……"他就再什么也不说了。

太阳在西边,在山顶上的,只画着半个盆边的形状,扯扯拖拖的,冯山伴着一些孩子们和五东家走进了上房。

在吃酒的时候,他和五东家是对面坐着,他们说着杨老三是哪年死的,单明德是哪年死的……还有张国光……这一些都是他们年轻时的同伴。酒喝得多了一些的时候,冯山想要告诉他,某年某年他还勾搭了一个寡妇。但他看看周围站着的五东家的太太们或姑娘们,他又感觉这是不方便说了。

五东家走了的那天夜晚,他好像只记住了那红色的鞍,那土黄色的风帽。他送他过了太平沟的时候,他才看到站在桥上的都是五东家的家族……他后悔自己就没有一个家族。

马房里的特有的气味,一到春天就渐渐地恢复起来。那夜又是刮着狂风的夜,所有的近处的旷野都在发着啸……他又像被人们遗忘了,又好像年轻的时候出去打猎在旷野上迷失了。

他好像听到送马匹的人不知在什么地方喊着:"啊喔呼……长冬来在白河口……啊噢……长冬来在白河口……"

马倌喂马的时候,他喊着马倌:"给老冯来烫两盅酒。"

等他端起酒杯来,他又不想喝了,从那深陷下去的眼窠里,却安详地溢出两条寂寞的泪流。

(署名萧红,原载于1936年5月15日《作家》第1卷第2号)

王四的故事

红眼睛的、走路时总爱把下巴抬得很高的王四，只要人一走进院门来，那沿路的草茎或是孩子们丢下来的玩物，就塞满了他的两只手。有时他把拾到了的铜圆塞到耳洞里：

"他妈的……是谁的呀？快来拿去！若不快些来，它就要钻到我的耳朵不出来啦……"他一面摇着那尖顶的草帽一边蹲下来。

孩子们抢着铜圆的时候，撕痛了他的耳朵。

"啊哈！这些小东西们，他妈的，不拾起来，谁也不要，看成一块烂泥土，拾起来，就都来啦！你也要，他也要……好像一块金宝啦……"

他仍把下巴抬得很高，走进厨房去。他住在主人家里，十年或者也超出了。但在他的感觉上，他一走进这厨房就好像走进他自己的家里那么一种感觉，也好像这厨房在他管理之下不止十年或二十年，已经觉察不出这厨房是被他管理的意思，已经是他的所有了！这厨房，就好像从主人的手里割给了他似的。

……碗橱的二层格上扣着几只碗和几只盘子，三层格上就完全是蓝花的大海碗了。至于最下一层，那些瓦盆，哪一个破了一个边，哪一个盆底出了一道纹，他都记得清清楚楚。

有时候吃完晚饭在他洗碗的时候，他就把灯灭掉，他说是可以省下一些灯油。别人若问他：

"不能把家具碰碎啦？"

他就说：

"也不就是一个碗橱吗？好大一件事情……碗橱里哪个角落爬着个蟑螂，伸手就摸到……那是有方向的，有尺寸的……耳朵一听吗，就知道多远了。"

他的生活就和溪水上的波浪一样：安然，平静，有规律。主人好像在几年前已经不叫他"王四"了，叫他"四先生"。从这以后，他就把自己看成和主人家的人差不多了。

但，在吃饭的时候，总是最末他一个人吃；支取工钱的时候，总是必须拿着手折。有一次他对少主人说：

"我看手折……也用不着了吧！这些年……还用画什么押？都是一家人一样，谁还信不着谁……"

他的提议并没有被人接受。再支工钱时，仍是拿着手折。

"唉……这东西，放放倒不占地方，就是……哼……就是这东西不同别的，是银钱上的……挂心是真的。"

他展开了行李，他看看四面有没有人，他的样子简直像在偷东西。

"哼！好啦！"他自己说，一面用手压住褥子的一角，虽然手折还没有完全放好，但他的习惯是这样，到夜深，再取出来，把它换个地方，常常是塞在枕头里边。十几年他都是这样保护着他的手折。手折也换过了两三个,因为都是画满了押,盖满了图章。

另外一次,他又去支取工钱,少主人说:

"王老四……真是上了年纪……眼睛也花了,你看,你把这押画在什么地方去了呢?画到线外去啦!画到上次支钱的地方去啦……"

王四拿起手折来,一看到那已经歪到一边去的押号,他就哈哈地张着嘴:"他妈……"他刚想要说,可是想到这是和少主人说话,于是停住了。他站在少主人的一边,想了一些时候,把视线经过了鼻子之后,四面扫了一下,难以确定他是在看什么:"'王老四'……不是多少年就'四先生'了吗?怎么又'王老四'……不是多少年就'四先生'了吗?怎么又'王老四'呢?"

他走进厨房去,坐在长桌的一头,一面喝着烧酒,一面想着:"这可不对……"他随手把青辣椒在酱碗里触了触:"他妈的……"好像他骂着的时候顺便就把辣椒吃下去了。

多吃了几盅烧酒的缘故,他觉得碗橱也好像换了地方,米缸……水桶……甚至连房梁上终年挂着的那块腊肉也像变小一些。他说:"不好……少主人也怕变了心肠……今年一定有变。"于是又看了看手折:

"若把手折丢了,我看事情可就不好办!没有支过来的……那些前几年就没有支清的工钱就要……我看就要算不清。"这次,他没有把手折塞进枕头去,就放在腰带上的荷包里了。

王四好像真的老了,院子里的细草,他不看见;下雨时,就在院心孩子们的车子他也不管了。夜里很早他就睡下,早晨又起得很晚。牵牛花的影子,被太阳一个一个地印在纸窗上。他想得远,他想到了十多年在山上伐木头的时候……他就像又看到那白杨倒下来一样……哗哗的……他好像听到了锯齿的声音。他又想到在渔船上当水手的时候:那桅杆……那桅杆上挂着的大鱼……真是银鱼一样,"他妈的……"他伸手去摸,只是手背在眼前划了一下,什么也没摸到。他又接着想:十五岁离开家的那年……在半路上遇到了野狗的那回事……他摸一摸小腿:"他妈的,这疤……"他确实地感觉到手下的疤了。

他常常检点着自己的东西,应该不要的,就把它丢掉……破毯子和一双破毡鞋,他向换破东西的人换了几块糖球来分给孩子们吃了。

他在扫院子的时候,遇到了棍棒之类,他就拿在手里试一试结实不结实……有时他竟把棍子扛在肩上,试一试挑着行李可够长短。若遇到绳子之类,也总把它挂在腰带上。

他一看那厨房里的东西,总不像原来的位置,他就不愿意再看下去似的。所以闲下来他就坐在井台旁边去,一边结起那些拾得的绳头,一边计算着手折上面的还存着的工钱的数目。

秋天的晚上,他听到天空的一阵阵的乌鸦的叫声,他想:"鸟也是飞来飞去的……人也总是要移动移动……"于是他的下巴抬得很高,视线经过了鼻子之后,看到墙角上去了,正好他的眼睛看到墙角上挂的一张香烟牌子的大画,他把它取下来,压在行李的下面。

王四的眼睛更红了,抬起来的下巴,比从前抬得更高了一些。后来他就总是想着:

"到渔船上去还是到山上去？到山上去，怕是老伙伴还有呢？渔船，一时恐怕找不到熟人，可不知道人家要不要……张帆……要快……"他站在席子上面，作着张帆的样子，全身痉挛一般地振摇着：

"还行吗？"他自己问着自己。

河上涨水的那天，王四好像又感觉自己是变成和主人家的人一样了。

他扛着主人家的包袱，抢着主人家的孩子，把他们送到高岗上去。

"老四先生……真是个力气人……"他恍恍惚惚地听着人们说的就是他，后来他留一留意，那是真的……不只是"四先生"，还说"老四先生"呢！他想："这是多么被人尊敬啊！"于是他更快地跑着，直到那水涨得比腰还深的时候，他还是在水里面走着，一个下午他也没有停下来。主人们说：

"四先生，那些零碎东西不必着急去拿它；要拿，明天慢慢地拿……"

他说：

"那怎么行！一夜不是让人偷光了吗？"他又不停地来回地跑着。

他的手折，不知在什么时候离开了他的荷包，沉到水底去了。

他发现了自己的空荷包，他就想："这算完了。"他就把头顶也淹在水里，那手折是红色的，可是他总也看不到那红色的东西。

他说："这算完了。"他站起来，向着高岗走过来。水湿的

衣服冰凉地粘住了皮肤。他抖颤着,他感到了异样的寒冷,他看不清那站在高岗上屋前的人们。只听到从那些人们传来的笑声:

"王四摸鱼回来啦!"

"王四摸鱼回来啦!"

(署名萧红,原载于 1936 年 9 月 20 日《中流》第 1 卷第 2 期)

牛车上

金花菜在三月的末梢就开遍了溪边。我们的车子在朝阳里轧着山下的红绿颜色的小草,走出了外祖父的村梢。

车夫是远族上的舅父,他打着鞭子,但那不是打在牛的背上,只是鞭梢在空中绕来绕去。

"想睡了吗?车刚走出村子呢!喝点梅子汤吧!等过了前面的那道溪水再睡。"外祖父家的女佣人,是到城里去看她的儿子的。

"什么溪水,刚才不是过的吗?"从外祖父家带回来的黄猫,也好像要在我的膝头上睡觉了。

"后塘溪。"她说。

"什么后塘溪?"我并没有注意她,因为外祖父家留在我们的后面,什么也看不见了,只有村梢上庙堂前的红旗杆还露着两个金顶。

"喝一碗梅子汤吧,提一提精神。"她已经端了一杯深黄色的梅子汤在手里,一边又去盖着瓶口。

"我不提,提什么精神,你自己提吧!"

他们都笑了起来，车夫立刻把鞭子抽响了一下。

"你这姑娘……顽皮……巧舌头………我………我……"他从车辕转过身来，伸手要抓我的头发。

我缩着肩头跑到车尾上去。村里的孩子没有不怕他的，说他当过兵，说他捏人的耳朵也很痛。

五云嫂下车去给我采了这样的花，又采了那样的花，旷野上的风吹得更强些，所以她的头巾好像是在飘着。因为乡村留给我尚没有忘却的记忆，我时时把她的头巾看成乌鸦或是鹊雀。她几乎是跳着，几乎和孩子一样。回到车上，她就唱着各种花朵的名字，我从来没看到过她像这样放肆一般的欢喜。

车夫也在前面哼着低粗的声音，但那分不清是什么词句。那短小的烟管顺着风时时送着烟氛，我们的路途刚一开始，希望和期待还离得很远。

我终于睡了，不知是过了后塘溪，或是什么地方，我醒过一次，模模糊糊的好像那管鸭的孩子仍和我打着招呼，也看到了坐在牛背上的小根和我告别的情景……也好像外祖父拉住我的手又在说："回家告诉你爷爷，秋凉的时候让他来乡下走走……你就说你姥爷腌的鹌鹑和顶好的高粱酒，等着他来一块喝呢……你就说我动不了，若不然，这两年，我总也去……"

唤醒我的不是什么人，而是那空空响的车轮。我醒来，第一下我看到的是那黄牛自己走在大道上，车夫并不坐在车辕上。在我寻找的时候，他被我发现在车尾上，手上的鞭子被他的烟管代替着，左手不住地在擦着下额，他的眼睛顺着地平线望着辽阔的远方。

我寻找黄猫的时候,黄猫坐到五云嫂的膝头上去了,并且她还抚摸猫的尾巴。我看着她的蓝布头巾已经盖过了眉头,鼻子上显明的皱纹因为挂了尘土,更显明起来。

他们并没有注意到我的醒转。

"到第三年他就不来信啦!你们这当兵的人……"

我就问她:"你丈夫也是当兵的吗?"

赶车的舅舅抓了我的辫发,把我向后拉了一下。

"那么以后……就总也没有信来?"他问她。

"你听我说呀!八月节刚过……可记不得哪一年啦,吃完了早饭,我就在门前喂猪,一边哜哜地敲着槽子,一边'喑唠喑唠'地叫着猪……哪里听得着呢?南村王家的二姑娘喊着:'五云嫂,五云嫂'……一边跑着一边喊着:'我娘说,许是五云哥给你捎来的信!'真是,在我眼前的真是一封信,等我把信拿到手哇!看看……我不知为什么就止不住心酸起来……他还活着吗!他……眼泪就掉在那红签条上,我就用手去擦,一擦,这红圈子就印到白的上面去。把猪食就丢在院心……进屋换了件干净衣裳。我就赶紧跑,跑到南村的学房,见了学房的先生,我一面笑着,就一面流着眼泪……我说:'是外头人来的信,请先生看看……一年来的没来过一个字。'学房先生接到手里一看,就说不是我的。那信我就丢在学房里跑回来啦……猪也没有喂,鸡也没有上架,我就躺在炕上啦……好几天,我像失了魂似的。"

"从此就没有来信?"

"没有。"她打开了梅子汤的瓶口,喝了一碗,又喝一碗。

"你们这当兵的人,只说三年二载……可是回来,回来个什么呢!回来个灵魂给人看看吧……"

"什么?"车夫说,"莫不是阵亡在外吗……"

"是,就算吧!音信皆无过了一年多。"

"是阵亡?"车夫从车上跳下去,拿了鞭子,在空中抽了两下,似乎是什么爆裂的声音。

"还问什么……这当兵的人真是凶多吉少。"她折皱的嘴唇好像撕裂了的绸片似的,显得轻浮和单薄。

车子一过黄村,太阳就开始斜了下去,青青的麦田上飞着鹊雀。

"五云哥阵亡的时候,你哭吗?"我一面捉弄着黄猫的尾巴,一面看着她。但她没有睬我,自己在整理着头巾。

等车夫颠跳着来到了车尾,扶了车栏,他一跳就坐在了车辕上。在他没有抽烟之前,他的厚嘴唇好像关紧了的瓶口似的严密。

五云嫂的说话,好像落着小雨似的,我又顺着车栏睡下了。

等我再醒来,车子停在一个小村头的井口边,牛在饮着水,五云嫂也许是哭过,她陷下的眼睛高起来了,并且眼角的皱纹也张开来。车夫从井口绞了一桶水提到车子旁边:

"不喝点吗?清凉清凉……"

"不喝。"她说。

"喝点吧,不喝就是用凉水洗洗脸也是好的。"他从腰带上取下手巾来,浸了浸水,"揩一揩!尘土迷了眼睛……"

当兵的人,怎么也会替人拿手巾?我感到了惊奇。我知道的当兵的人就会打仗,就会打女人,就会捏孩子们的耳朵。

"那年冬天,我去赶年市……我到城里去卖猪鬃,我在年市上喊着:'好硬的猪鬃来……好长的猪鬃来……'后一年,我好像把他爹忘下啦……心上也不牵挂……想想那没有个好,这些年,人还会活着!到秋天,我也到田上去割高粱,看我这手,也吃过气力……春天就带着孩子去做长工,两个月三个月的就把家拆了。冬天又把家归拢起来。什么牛毛啦……猪毛啦……还有些收拾来的鸟雀的毛。冬天就在家里收拾,收拾干净啦呀……就选一个暖和的天气进城去卖。若有顺便进城去的车呢,把秃子也就带着……那一次没有秃子,偏偏天气又不好,天天下清雪。年市上不怎么热闹,没有几捆猪鬃也总卖不完。一早就蹲在市上,一直蹲到太阳偏西。在十字街口,一家大买卖的墙头上贴着一张大纸,人们来来往往地在那里看,像是从一早那张纸就贴出来了!也许是晌午贴的……有的还一边看一边念出几句。我不懂得那一套……人们说是'告示,告示',可是告的什么,我也不懂那一套……'告示'倒知道,是官家的事情,与我们做小民的有什么长短!可不知为什么看的人就那么多……听说么,是捉逃兵的'告示'……又听说么……又听说几天就要送到县城枪毙……"

"哪一年?民国十年枪毙逃兵二十多个的那回事吗?"车夫把卷起的衣袖在下意识里把它放下来,又用手扫着下颏。

"我不知道那叫什么年……反正枪毙不枪毙与我何干,反正我的猪鬃卖不完就不走运气……"她把手掌互相擦了一会,猛然像是拍着蚊虫似的,凭空打了一下,"有人念着逃兵的名字……我看着那穿黑马褂的人……我就说：'你再念一遍！'起先猪毛还拿在我的手上……我听到了姜五云姜五云的，好像那名字响了好几遍……我过了一些时候才想要呕吐……喉管里像有什么腥气的东西喷上来，我想咽下去！……又咽不下去！……眼睛冒着火苗……那些看'告示'的人往上挤着，我就退在了旁边。我再上前去看看，腿就不做主啦！看'告示'的人越多，我就退下来了！越退越远啦……"

她的前额和鼻头都流下汗来。

"跟了车，回到乡里，就快半夜了。一下车的时候，我才想起了猪毛……哪里还记得起猪毛……耳朵和两张木片似的啦……包头巾也许是掉在路上，也许是掉在城里……"

她把头巾掀起来，两个耳朵的下梢完全丢失了。

"看看，这是当兵的老婆……"

这回她把头巾束得更紧了一些，所以随着她的讲话，那头巾的角部也起着小小的跳动。

"五云倒还活着，我就想看看他，也算夫妇一回……"

"……二月里，我就背着秃子，今天进城，明天进城……'告示'听说又贴过了几回，我不去看那玩意儿，我到衙门去问，他们说：'这里不管这事。'让我到兵营里去！……我从小就怕见官……乡下孩子，没有见过。那些带刀挂枪的，我一看到就发颤……去吧！反正他们也不是见人就杀……后来常常去问，也就不怕了。反正一家三口，已经有一口拿在他们的手心里……他们告诉我，逃兵还没有送过来。我说：'什么时候才送过来呢？'他们说：'再过一个月吧！'……等我一回到乡下，

小说Ⅳ | 101

就听说逃兵已从什么县城,那是什么县城?到今天我也记不住那是什么县城……就是听说送过来啦就是啦……都说若不快点去看,人可就没有了。我再背着秃子,再进城……去问问,兵营的人说:'好心急,你还要问个百八十回。不知道,也许就不送过来。'……有一天,我看着一个大官,坐着马车,叮咚叮咚地响着铃子,从营房走出来了……我把秃子放在地上,我就跑过去,正好马车是向着这边来的,我就跪下了,也不怕马蹄就踏在我的头上。

"'大老爷,我的丈夫……姜五……'我还没有说出来,就觉得肩膀上很沉重……那赶马车的把我往后面推倒了,好像跌了跤似的我趴在道边去。只看到那赶马车的也戴着兵帽子。"

"我站起来,把秃子又背在背上……营房的前边,就是一条河,一个下半天都在河边上看着水。有些钓鱼的,也有些洗衣裳的。远一点,在那河湾上,那水就深了,看着那浪头一排排地从眼前过去。不知道几百条浪头都坐着看过去了。我想把秃子放到河边上,我一跳就下去吧!留他一条小命,他一哭就会有人把他收了去。"

"我拍着那个小胸脯,我好像说:'秃儿,睡吧。'我还摸摸那圆圆的耳朵,那孩子的耳朵,真是,长得肥满,和他爹的一模一样,一看到那孩子的耳朵,就看到他爹了。"

她为了赞美而笑了笑。

"我又拍着那小胸脯,我又说:'睡吧!秃儿。'我想起了,我还有几吊钱,也放在孩子的胸脯里吧!正在伸,伸手去放……放的时候……孩子睁开眼睛了……又加上一只风船转过河湾来,船上的孩子喊妈的声音我一听到,我就从沙滩上面……把秃子抱……抱在……怀里了……"

她用包头巾像是紧了紧她的喉咙,随着她的手,眼泪就流了下来。

"还是……还是背着他回家吧!哪怕讨饭,也是有个亲娘……亲娘的好……"

那蓝色头巾的角部,也随着她的下颔颤抖了起来。

我们车子的前面正过着一堆羊群,放羊的孩子口里响着用柳条做成的叫子,野地在斜过去的太阳里边分不出什么是花什么是草了!只是混混黄黄的一片。

车夫跟着车子走在旁边,把鞭梢在地上荡起着一条条的烟尘。

"……一直到五月,营房的人才说:'就要来的,就要来的。'"

"……五月的末梢,一只大轮船就停在了营房门前的河沿上。不知怎么这样多的人!比七月十五看河灯的人还多……"

她的两只袖子在招摇着。

"逃兵的家属,站在右边……我也站过去,走过一个戴兵帽子的人,还每个人给挂了一张牌子……谁知道,我也不认识那字,要搭跳板的时候,就来了一群兵队,把我们这些挂牌子的……就圈了起来……'离开河沿远点,远点……'他们用枪把子把我们赶到离开那轮船有三四丈远……站在我旁边的,一个白胡子的老头,他一只手里提着一个包裹,我问他:'老伯,为啥还带来这东西?……''哼!不!我有一个儿子和一个侄子……一人一包……回阴曹地府,不穿洁净衣裳是不上高的……'"

"跳板搭起来了……一看跳板搭起来就有哭的……我是不哭,我把脚跟立得稳稳当当的,眼睛往船上看着……可是,总不见出来……过了一会儿,一个兵官,挎着洋刀,手扶着栏杆说:'让家属们再往后退退……就要下船……'听着'吭唥'一声,那些兵队又用枪把子把我们向后赶了过去,一直赶上道旁的豆田,我们就站在豆秧上,跳板又呼隆隆地搭起了一块……走下来了,一个兵官领头……那脚镣子,哗啦哗啦的……我还记得,第一个还是个小矮个……走下来五六个啦……没有一个像秃子他爹宽宽肩膀的,是真的,很难看……两条胳臂直伸伸的……我看了半天工夫,才看出手上都是带了铐子的。

旁边的人越哭,我就格外更安静。我只把眼睛看着那跳板……我要问问他爹'为啥当兵不好好当,要当逃兵……你看看,你的儿子,对得起吗?'"

"二十来个,我不知道哪个是他爹,远看都是那么个样儿。一个青年的媳妇……还穿了件绿衣裳,发疯了似的,穿开了兵队抢过去了……当兵的哪肯叫她过去……就把她抓回来,她就在地上打滚。她喊:'当了兵还不到三个月呀……还不到……'两个兵队的人就把她抬回来,那头发都披散开啦。又过了一袋烟的工夫,才把我们这些挂牌子的人带过去……越走越近了,越近也就越看不清楚哪个是秃子他爹……眼睛起了白蒙……又加上别人都呜呜嗬嗬的,哭得我多少也有点心慌……"

"还有的嘴上抽着烟卷,还有的骂着,就是……就是笑的也有。当兵的这种人……不怪说,当兵的不惜命……"

"我看看,真是没有秃子他爹,哼!这可怪事……我一回身，就把一个兵官的皮带抓住'姜五云呢？''你是他的什么人？''是我的丈夫。'我把秃子可就放在地上啦……放在地上，那不作美的就哭起来，我啪的一声，给秃子一个嘴巴……接着，我就打了那兵官：'你们把人消灭到什么地方去啦？'"

"'好的……好家伙……够朋友……'那些逃兵们就连起声来跺着脚喊。兵官看看这情形，赶快叫当兵的把我拖开啦……他们说：'不只姜五云一个人，还有两个没有送过来，明后天，下一班船就送来……逃兵里他们三个是头目。'"

"我背着孩子就离开了河沿，我就挂着牌子走下去了。我一路走，一路两条腿发颤。奔来看热闹的人满街满道啦……我走过了营房的背后，兵营的墙根下坐着拿两个包裹的老头，他的包裹只剩了一个。我说：'老伯，你的儿子也没来吗？'我一问他，他就把背脊弓了起来，用手把胡子放在嘴唇上，咬着胡子就哭啦！"

"他还说：'因为是头目，就当地正法了咧！'当时，我还不知道这'正法'是什么……"

她再说下去，那是完全不相接连的话头。

"又过三年，秃子八岁的那年，把他送进了豆腐房……就是这样：一年我来看他两回。二年回家一趟……回来也就是十天半月的……"

车夫离开车子，在小毛道上走着，两只手放在背后。太阳从横面把他拖成一条长影，他每走一步，那影子就分成了一个叉形。

"我也有家小……"他的话从嘴唇上流下来似的，好像他对着旷野说的一般。

"哟！"五云嫂把头巾放松了些。

"什么！"她鼻子上的折皱抖动了一些时候，"可是真的……兵不当啦也不回家……"

"哼！回家！就背着两条腿回家？"车夫把肥厚的手揩扭着自己的鼻子笑了。

"这几年，还没多少赚几个？"

"都是想赚几个呀！才当逃兵去啦！"他把腰带更束紧了一些。

我加了一件棉衣，五云嫂披了一张毯子。

"嗯！还有三里路……这若是套的马……嗯！一颠搭就到啦！牛就不行，这牲口性子没紧没慢，上阵打仗，牛就不行……"车夫从草包取出棉袄来，那棉袄顺着风飞着草末，他就穿上了。

黄昏的风，却是和二月里的一样。车夫在车尾上打开了外祖父给祖父带来的酒坛。

"喝吧！半路开酒坛，穷人好赌钱……喝上两杯。"他喝了几杯之后，把胸膛就完全露在外面。他一面咀嚼着肉干，一边嘴上起着泡沫。风从他的嘴边走过时，他唇上的泡沫也宏大了一些。

我们将奔到的那座城，在一种灰色的气候里，只能够辨别那不是旷野，也不是山岗，又不是海边，又不是树林……

车子越往前进，城座看来越退越远。脸孔上和手上，都有一种粘粘的感觉……再往前看，连道路也看不到尽头……

车夫收拾了酒坛，拾起了鞭子……这时候，牛角也模糊了去。

"你从出来就没回过家?家也不来信?"五云嫂的问话,车夫一定没有听到,他打着口哨,招呼着牛。后来他跳下车去,跟着牛在前面走着。

对面走过一辆空车,车辕上挂着红色的灯笼。

"大雾!"

"好大的雾!"车夫彼此招呼着。

"三月里大雾……不是兵灾,就是荒年……"

两个车子又过去了。

(署名萧红,原载于1936年10月1日上海《文季月刊》第1卷第5期)

红的果园

五月一开头这果园就完全变成了深绿。在寂寞的市梢上,游人也渐渐增多了起来。那河流的声音,好像喑哑了去,交织着的是树声、虫声和人语的声音。

园前切着一条细长的闪光的河水,园后,那白色楼房的中学里边,常常有钢琴的声音,在夜晚散布到这未熟的果子们的中间。

从五月到六月,到七月,甚至于到八月,这园子才荒凉下来。那些树,有的在三月里开花,有的在四月里开花。但,一到五月,这整个的园子就完全是绿色的了,所有的果子就在这期间肥大了起来。后来,果子开始变红,后来全红,再后来——七月里——果子们就被看园人完全摘掉了。再后来,就是看园人开始扫着那些从树上自己落下的黄叶的时候。

园子在风声里面又收拾起来了。

但那没有和果子一起成熟的恋爱,继续到九月也是可能的。

园后那学校的教员室里的男子的恋爱,虽然没有完结,也就算完结了。

他在教员休息室里也看到这园子，在教室里站在黑板前面也看到这园子，因此他就想到那可怕的白色的冬天。他希望刚走去了的冬天接着再来，但那是不可能。

果园一天一天地在他的旁边成熟，他嗅到果子的气味就像坐在园里的一样。他看见果子从青色变成红色，就像拿在手里看得那么清楚。同时园门上插着的那张旗子，也好像更鲜明了起来。那黄黄的颜色使他对着那旗子起着一种生疏、反感和没有习惯的那种感觉，所以还不等果子红起来，他就把他的窗子换上了一张蓝色的窗帷。

他怕那果子会一个一个地透进他的房里来，因此他怕感到什么不安。

果园终于全红起来了，一个礼拜，两个礼拜，差不多三个礼拜，园子还是红的。

他想去问问那看园子的人，果子究竟要红到什么时候。但他一走上那去果园的小路，他就心跳，好像园子在眼前也要颤抖起来。于是他背向着那红色的园子擦擦眼睛，又顺着小路回来了。

在他走上楼梯时，他的胸膛被幻想猛烈地攻击了一阵：他看见她就站在那小道上，蝴蝶在她旁边的青草上飞来飞去。"我在这里……"他好像听到她的喊声似的那么震动。他又看到她等在小夹树道的木凳上。他还回想着，他是跑了过去的，把她牵住了，于是声音和人影一起消失到树丛里去了。他又想到通夜在园子里走着的景况和人影一起消失到树丛里去了。他又想到通夜在园子里走着的景况……有时热情来了的时候，他们和虫子似的就靠着那树丛接吻了。朝阳还没有来到之前,他们的头发和衣裳就被夜露完全打湿了。

他在桌上翻开了学生作文的卷子,但那上面写着些什么呢?

"皇帝登极,万民安乐……"

他又看看另一本,每本开头都有这么一段……他细看时,那并不是学生们写的,是用铅字已经替学生们印好了的。他翻开了所有的卷子,但铅字是完全一样。

他走过去,把蓝色的窗围放下来,他看到那已经熟悉了的看园人在他的窗口下面扫着园地。

看园人说:"先生!不常过来园里走走?总也看不见先生呢?"

"嗯!"他点着头,"怎么样?市价还好?"

"不行啦。先生,你看……这不是吗?"那人用竹帚的把柄指着太阳快要落下来的方向,那面飘着一些女人的花花的好像口袋一样大的袖子。

"这年头,不行了啊!不是年头……都让他们……让那些东西们摘了去啦……"他又用竹帚的把柄指打着树枝,"先生……看这里……真的难以栽培,折的折,掉枝的掉枝……招呼他们不听,又哪敢招呼呢?人家是日本二大爷……"他又问,"女先生,那位,怎么今年也好像总也没有看见?"

他想告诉他:"女先生当××军去了。"但他没有说。他听到了园门上旗子的响声,他向着旗子的方向看了看,也许是什么假日,园门口换了一张大的旗……黄色的……好像完全黄色的。

看园子的人已经走远了,他的指甲还在敲着窗上的玻璃。

他看着,他听着,他对着这"园子"和"旗"起着兴奋的情感。于是被敲着的玻璃更响了,假若游园的人经过他的窗下,也能够听到他的声音。

(署名萧红,原载于1936年9月15日上海《作家》第1卷第6号)

家族以外的人

我蹲在树上,渐渐有点害怕,太阳也落下去了;树叶的声响也唰唰的了;墙外街道上走着的行人也都和影子似的黑丛丛的;院里房屋的门窗变成黑洞了,并且野猫在我旁边的墙头上跑着叫着。

我从树上溜下来,虽然后门是开着的,但我不敢进去,我要看看母亲睡了还是没有睡?还没经过她的窗口,我就听到了席子的声音:

"小死鬼……你还敢回来!"

我折回去,就顺着厢房的墙根又溜走了。

在院心空场上的草丛里边站了一些时候,连自己也没有注意到我是折碎了一些草叶咬在嘴里。白天那些所熟识的虫子,也都停止了鸣叫,在夜里叫的是另外一些虫子,他们的声音沉静,清脆而悠长。那埋着我的蒿草,和我的头顶一平,它们平滑,它们在我的耳边唱着那么微细的歌,使我不能相信倒是听到还是没有听到。

"去吧……去……跳跳蹿蹿的……谁喜欢你……"

有二伯回来了，那喊狗的声音一直继续到厢房的那面。

我听到有二伯那拍响着的失掉了后跟的鞋子的声音，又听到厢房门扇的响声。

"妈睡了没睡呢？"我推着草叶，走出了草丛。

有二伯住着的厢房，纸窗好像闪着火光似的明亮。我推开门，就站在门口。

"还没睡？"

我说："没睡。"

他在灶口烧着火，火叉的尖端插着玉米。

"你还没有吃饭？"我问他。

"吃什……么……饭？谁给留饭！"

我说："我也没吃呢！"

"不吃，怎么不吃？你是家里人哪……"他的脖子比平日喝过酒之后更红，并且那脉管和那正在烧着的小树枝差不多。

"去吧……睡睡……觉去吧！"好像不是对我说似的。

"我也没吃饭呢！"我看着已经开始发黄的玉米。

"不吃饭，干什么来的……"

"我妈打我……"

"打你！为什么打你？"

孩子的心上所感到的温暖是和大人不同的，我要哭了，我看着他嘴角上流下来的笑痕。只有他才是偏着我这方面的人，他比妈妈还好。立刻我后悔起来，我觉得我的手在他身旁抓起一些柴草来，抓得很紧，并且许多时候没有把手松开，我的眼睛不敢再看到他的脸上去，只看到他腰带的地方和那脚边的火堆。我想说：

"二伯……再下雨时我不说你'下雨冒泡，王八戴草帽'啦……"

"你妈打你……我看该打……"

"怎么……"我说，"你看……她不让我吃饭！"

"不让你吃饭……你这孩子也太好去啦……"

"你看，我在树上蹲着，她拿火叉子往下叉我……你看……把胳臂都给叉破皮啦……"我把手里的柴草放下，一只手卷着袖子给他看。

"叉破皮……为啥叉的呢……还有个缘由没有呢？"

"因为拿了馒头。"

"还说呢……有出息！我没见过七八岁的姑娘还偷东西……还从家里偷东西往外边送！"他把玉米从叉子上拔下来了。

火堆仍没有灭，他的胡子在玉米上，我看得很清楚是扫来扫去的。

"就拿三个……没多拿……"

"嗯！"把眼睛斜着看我一下，想要说什么但又没有说。只是胡子在玉米上像小刷子似的来往着。

"我也没吃饭呢！"我咬着指甲。

"不吃……你愿意不吃……你是家里人！"好像抛给狗吃的东西一样，他把半段玉米打在我的脚上。

有一天，我看到母亲的头发在枕头上已经蓬乱起来，我知道她是睡熟了，我就从木格子下面提着鸡蛋筐子跑了。

那些邻居家的孩子就等在后院的空磨房里边。我顺着墙根走了回来的时候，安全，毫没有意外，我轻轻地招呼他们一声，他们就从窗口把篮子提了进去,其中有一个比我们大一些的,叫他小哥哥的,他一看见鸡蛋就抬一抬肩膀,伸一下舌头。小哑巴姑娘,她还为了特殊的得意"啊啊"了两声。

"嗳!小点声……花姐她妈剥她的皮呀……"

把窗子关了,就在碾盘上开始烧起火来,树枝和干草的烟围蒸腾了起来;老鼠在碾盘底下跑来跑去;风车站在墙角的地方,那大轮子上边盖着蛛网;罗柜旁边余留下来的谷类的粉末,那上面挂着许多种类虫子的皮壳。

"咱们来分分吧……一人几个,自家烧自家的。"

火苗旺盛起来了,伙伴们的脸孔,完全照红了。

"烧吧!放上去吧……一人三个……"

"可是多一个给谁呢?"

"给哑巴吧!"

她接过去,"啊啊"的。

"小点声,别吵!别把到肚的东西吵没啦。"

"多吃一个鸡蛋……下回别用手指画着骂人啦!啊!哑巴?"

蛋皮开始发黄的时候,我们为着这心上的满足,几乎要冒险叫喊了。

"唉呀!快要吃啦!"

"预备着吧,说熟就熟的……"

"我的鸡蛋比你们的都大……像个大鸭蛋……"

"别叫……别叫。花姐妈妈这半天一定睡醒啦……"

窗外有哽哽的声音,我们知道是大白狗在扒着墙皮的泥土。但同时似乎听到了母亲的声音。

母亲终于在叫我了！鸡蛋开始爆裂的时候，母亲的喊声也在尖利地刺着纸窗了。

等她停止了喊声，我才慢慢从窗子跳出去，我走得很慢，好像没有睡醒的样子，等我站到她面前的那一刻，无论如何再也压制不住那种心跳。

"妈！叫我干什么？"我一定惨白了脸。

"等一会……"她回身去找什么东西的样子。

我想她一定去拿什么东西来打我，我想要逃，但我又强制着忍耐了一刻。

"去把这孩子也带去玩……"把小妹妹放在我的怀中。

我几乎要抱不动她了，我流了汗。

"去吧！还站在这儿干什么……"其实磨房的声音，一点也传不到母亲这里来，她到镜子前面去梳她的头发。

我绕了一个圈子，在磨房的前面，在锁着的门边告诉了他们：

"没有事……不要紧……妈什么也不知道。"

我离开那门前，走了几步，就有一种异样的香味扑了来，并且飘满了院子。等我把小妹妹放在炕上，这种气味就满屋都是了。

"这是谁家炒鸡蛋，炒得这样香……"母亲很高的鼻子在镜子里使我有点害怕。

"不是炒鸡蛋……明明是烧的，哈！这蛋皮味，谁家……呆老婆烧鸡蛋……五里香。"

"许是吴大婶她们家？"我说这话的时候，隔着菜园子看到磨房的窗口冒着烟。

等我跑回了磨房，火完全灭了。我站在他们当中，他们几乎是摸着我的头发。

"我妈说谁家烧鸡蛋呢？谁家烧鸡蛋呢？我就告诉她，许是吴大婶她们家。哈！这是吴大婶？这是一群小鬼……"

我们就开朗地笑着。站在碾盘上往下跳着，甚至于多事起来，他们就在磨房里捉耗子。因为我告诉他们，我妈抱着小妹妹出去串门去了。

"什么人啊！"我们知道是有二伯在敲着窗棂。

"要进来，你就爬上来！还招呼什么？"我们之中有人回答他。

起初，他什么也没有看到，他站在窗口，摆着手。后来他说："看吧！"

他把鼻子用力抽了两下："一定有点故事……哪来的这种气味？"

他开始爬到窗台上面来，他那短小健康的身子从窗台跳进来时，好像一张磨盘滚了下来似的，土地发着响。他围着磨盘走了两圈。他上唇的红色的小胡为着鼻子时时抽动的缘故，像是一条秋天里的毛虫在他的唇上不住地滚动。

"你们烧火吗？看这碾盘上的灰……花子……这又是你领头！我要告诉你妈的……整天家领一群野孩子来作祸……"他要爬上窗口去了，可是他看到了那只筐子，"这是什么人提出来的呢？这不是咱家装鸡蛋的吗？花子……你不定又偷了什么东西……你妈没看见！"

他提着筐子走的时候，我们还嘲笑着他的草帽。"像个小瓦盆……像个小水桶……"

但夜里,我是挨打了。我伏在窗台上用舌尖舐着自己的眼泪。

"有二伯……有老虎……什么东西……坏老头子……"我一边哭着一边咒诅着他。

但过不多久,我又把他忘记了,我和许多孩子们一道去抽开了他的腰带,或是用杆子从后面掀掉了他的没有边沿的草帽。我们嘲笑他和嘲笑院心的大白狗一样。

秋末,我们寂寞了一个长久的时间。

那些空房子里充满了冷风和黑暗;长在空场上的蒿草,干败了而倒了下来;房后菜园上的各种秧棵完全挂满了白霜;老榆树在墙根边仍旧随风摇摆它那还没有落完的叶子;天空是发灰色的,云彩也失去了形状,有时带来了雨点,有时又带来了细雪。

我为着一种疲倦,也为着一点新的发现,我登着箱子和柜子,爬上了装旧东西的屋子的棚顶。

那上面,黑暗,有一种完全不可知的感觉。我摸到了一个小木箱,捧着它,来到棚顶洞口的地方,借着洞口的光亮,看到木箱是锁着一个发光的小铁锁,我把它在耳边摇了摇,又用手掌拍一拍……那里面咚啷咚啷地响着。

我很失望,因为我打不开这箱子,我又把它送了回去。于是我又往更深和更黑的角落处去探爬。因为我不能站起来走,这黑洞洞的地方一点也不规则,走在上面时时有跌倒的可能。所以在爬着的当儿,手指所触到的东西,可以随时把它们摸一摸。当我摸到了一个小琉璃罐,我又回到了亮光的地方……我该多么高兴，那里面完全是黑枣，我一点也没有再迟疑，就抱着这宝物下来了，脚尖刚接触到那箱子的盖顶，我又和小蛇一样把自己落下去的身子缩了回来，我又在棚顶蹲了好些时候。

我看着有二伯打开了就是我上来的时候登着的那个箱子。我看着他开了很多时候，他用牙齿咬着他手里的那块小东西……他歪着头，咬得咯啦啦地发响，咬了之后又放在手里扭着它，而后又把它触到箱子上去试一试。最后一次那箱子上的铜锁发着弹响的时候，我才知道他扭着的是一段铁丝。他把帽子脱下来，把那块盘卷的小东西就压在帽顶里面。

他把箱子翻了好几次：红色的椅垫子，蓝色粗布的绣花围裙……女人的绣花鞋子……还有一团滚乱的花色的线，在箱子底上还躺着一只湛黄的铜酒壶。

后来他伸出那布满了筋络的两臂，震撼着那箱子。

我想他可不是把这箱子搬开！搬开我可怎么下去？

他抱起好几次，又放下好几次，我几乎要招呼住他。

等一会，他从身上解下腰带来了，他弯下腰去，把腰带横在地上，一张一张地把椅垫子堆起来，压到腰带上去，而后打着结，椅垫子被束起来了。他喘着呼喘，试着去提一提。

他怎么还不快点出去呢？我想到了哑巴，也想到了别人，好像他们就在我的眼前吃着这东西似的使我得意。

"啊哈……这些……这些都是油乌乌的黑枣……"

我要向他们说的话都已想好了。

同时这些枣在我的眼睛里闪光，并且很滑，又好像已经在我的喉咙里上下地跳着。

他并没有把箱子搬开,他是开始锁着它。他把铜酒壶立在箱子的盖上,而后他出去了

我把身子用力去拖长,使两个脚掌完全牢牢实实地踏到了箱子,因为过于用力抱着那琉璃罐,胸脯感到了发疼。

有二伯又走来了,他先提起门旁的椅垫子,而后又来拿箱盖上的铜酒壶,等他把铜酒壶压在肚子上面,他才看到墙角站着的是我。

他立刻就笑了,我还从来没有看到过他笑得这样过分,把牙齿完全露在外面,嘴唇像是缺少了一个边。

"你不说么?"他的头顶站着无数很大的汗珠。

"说什么……"

"不说,好孩子……"他拍着我的头顶。

"那么,你让我把这个琉璃罐拿出去?"

"拿吧!"

他一点也没有看到我,我另外又在门旁的筐子里抓了五个馒头跑了,等母亲说丢了东西的那天我也站到她的旁边去。

我说:"那我也不知道。"

"这可怪啦……明明是锁着……可哪儿来的钥匙呢?"母亲的尖尖的下颌是向着家里的别人说的。

后来那歪脖的年轻的厨夫也说:'哼!这是谁呢?"

我又说:"那我也不知道。"

可是我脑子上走着的,是有二伯怎样用腰带捆了那些椅垫子,怎样把铜酒壶压在肚子上,并且那酒壶就贴着肉的。并且有二伯好像在我的身体里边咬着那铁丝咯嘣嘣地响着似的。我

的耳朵一阵阵的发烧,我把眼睛闭了一会。可是一睁开眼睛,我就向着那敞开的箱子又说:

"那我也不知道。"

后来我竟说出了:"那我可没看见。"

等母亲找来一条铁丝,试着怎样可以做成钥匙,她扭了一些时候,那铁丝并没有扭弯。

"不对的……要用牙咬,就这样……一咬……再一扭……再一咬……"很危险,舌头若一滑转的时候,就要说了出来。我看见我的手已经在做着式子。

我开始把嘴唇咬得很紧,把手臂放在背后在看着他们。

"这可怪啦……这东西,又不是小东西……怎么能从院子走得出?除非是晚上……可是晚上就是来贼也偷不出去的……"母亲很尖的下颔使我害怕,她说的时候,用手推了推旁边的那张窗子:

"是啊!这东西是从前门走的,你们看……这窗子一夏就没有打开过……你们看……这还是去年秋天糊的窗缝子。"

"别绊脚!过去……"她用手推着我。

她又把这屋子的四边都看了看。

"不信……这东西去路也没有几条……我也能摸到一点边……不信……看着吧……这也不行啦。春天丢了一个铜火锅……说是放忘了地方啦……说是慢慢找,又是……也许借出去啦!哪有那么一回事……早还了输赢账啦……当他家里人看待……还说不拿他当家里人看待,好哇……慢慢把房梁也拆走啦……"

"啊……啊！"那厨夫抓住了自己的围裙，擦着嘴角。那歪了的脖子和一根蜡签似的，好像就要折断下来。

母亲和别人完全走完了时，他还站在那个地方。

晚饭的桌上，厨夫向着有二伯：

"都说你不吃羊肉，那么羊肠你吃不吃呢？"

"羊肠也是不能吃。"他看着他自己的饭碗说。

"我说，有二爷，这炒辣椒里边，可就有一段羊肠，我可告诉你！"

"怎么早不说，这……这……这……"他把筷子放下来，他运动着又要红起来的脖颈，把头掉转过去，转得很慢，看起来就和用手去转动一只瓦盆那样迟滞。

"有二是个粗人，一辈子……什么都吃……就……是……不吃……这……羊……身上……的……不戴……羊……皮帽子……不穿……羊……皮……衣裳……"他一个字一个字平板地说下去，"下回……杨安……你炒什么……不管菜汤里头……若有那羊身上的呀……先告诉我一声……有二不是那嘴馋的人！吃不吃不要紧……就是吃口咸菜……我也不吃那……羊身……上……的……"

"可是有二爷，我问你一件事……你喝酒用什么酒壶喝呢？非用铜酒壶不可？"杨厨子的下巴举得很高。

"什么酒壶……还不一样……"他又放下了筷子，把旁边的锡酒壶咯咯地蹲了两下，"这不是吗？……锡酒壶……喝的是酒……酒好……就不在壶上……哼！也不……年轻的时候，就总爱……这个……锡酒壶……把它擦得闪光锃亮……"

"我说有二爷……铜酒壶好不好呢？"

"怎么不好……一擦比什么都亮堂……"

"对了，还是铜酒壶好喔……哈……哈哈……"厨子笑了起来。他笑得在给我装饭的时候，几乎是抢掉了我的饭碗。

母亲把下唇拉长着，她的舌头往外边吹一点风，有几颗饭粒落在我的手上。

"哼！杨安……你笑我……不吃……羊肉。那真是吃不得：比方，我三个月就……没有了娘……羊奶把我长大的……若不是……还活了六十多岁……"

杨安拍着膝盖："你真算是个有良心的人，为人没做过昧良心的事？是不是？我说，有二爷……"

"你们年轻人，不信这话……这都不好……人要知道自家的来路……不好反回头去倒咬一口……人要知恩报恩……说书讲古上都说……比方羊……就是我的娘……不是……不是……我可活六十多？"他挺直了背脊，把那盘羊肠炒辣椒甩筷子推开了一点。

吃完了饭，他退了出去，手里拿着那没有边沿的草帽。沿着砖路，他走下去了，那泥污的，好像两块朽木头似的……他的脚后跟随着那挂在脚尖上的鞋片在砖路上拖拖着，而那头顶就完全像个小锅似的冒着气。

母亲跟那厨夫在起着高笑。

"铜酒壶……啊哈……还有椅垫子呢……问问他……他知道不知道？"杨厨夫，他的脖子上的那块疤痕，我看也大了一些。

我有点害怕母亲，她的完全露着骨节的手指，把一条很肥的鸡腿,送到嘴上去,撕着,并且还露着牙齿。

又是一回母亲打我,我又跑到树上去,因为树枝完全没有了叶子,母亲向我飞来的小石子差不多每颗都像小钻子似的刺痛着我的全身。

"你再往上爬……再往上爬……拿杆子把你绞下来。"

母亲说着的时候,我觉得抱在胸前的那树干有些颤了,因为我已经爬到了顶梢,差不多就要爬到枝子上去了。

"你这小贴树皮,你这小妖精……我可真就算治不了你……"她就在树下徘徊着……许多工夫没有向我打着石子。

许多天,我没有上树,这感觉很新奇,我向四面望着,觉得只有我才比一切高了一点,街道上走着的人、车,附近的房子都在我的下面,就连后街上卖豆芽菜的那家的幌杆,我也和它一般高了。

"小死鬼……你滚下来不滚下来呀……"母亲说着"小死鬼"的时候,就好像叫着我的名字那般平常。

"啊!怎样的?"只要她没有牢牢实实地抓到我,我总不十分怕她。

趁她不留意,我就从树干跑到墙头上去:"啊哈……看我站在什么地方?"

"好孩子啊……要站到老爷庙的旗杆上去啦……"回答着我的,不是母亲,是站在墙外的一个人。

"快下来……墙头不都是踏坏了吗?我去叫你妈来打你。"是有二伯。

"我下不来啦,你看,这不是吗?我妈在树根下等着我……"

"等你干什么?"他从墙下的板门走了进来。

"等着打我!"

"为啥打你?"

"尿了裤子。"

"还说呢……还有脸?七八岁的姑娘……尿裤子……滚下来?墙头踏坏啦!"他好像一头猪在叫唤着。

"把她抓下来……今天我让她认识认识我!"

母亲说着的时候,有二伯就开始卷着裤脚。

我想这是做什么呢?

"好!小花子,你看着……这还无法无天啦呢……你可等着……"

等我看见他真的爬上了那最低级的树杈,我开始要流出眼泪来,喉管感到特别发涨。

"我要……我要说……我要说……"

母亲好像没有听懂我的话,可是有二伯没有再进一步,他就蹲在那很粗的树杈上:

"下来……好孩子……不碍事的,你妈打不着你,快下来,明天吃完早饭二伯领你上公园……省得在家里她们打你……"

他抱着我,从墙头上把我抱到树上,又从树上把我抱下来。

我一边抹着眼泪一边听着他说:

"好孩子……明天咱们上公园。"

第二天早晨,我就等在大门洞里边,可是等到他走过我的时候,他也并不向我说一声"走吧!"我从身后赶了上去,我拉住他的腰带:

"你不说今天领我上公园吗?"

"上什么公园……去玩去吧!去吧……"只看着前面的道路,他并不看着我。昨天说话的好像不是他。

后来我就挂在他的腰带上,他摇着身子,好像摆着贴在他身上的虫子似的摆脱着我。

"那我要说,我说铜酒壶……"

他向四边看了看,好像是叹着气:

"走吧?绊脚星……"

一路上他也不看我,不管我怎样看中了那商店窗子里摆着的小橡皮人,我也不能多看一会,因为一转眼……他就走远了。等走在公园门外的板桥上,我就跑在他的前面。

"到了!到了啊……"我张开了两只胳臂,几乎自己要飞起来那么轻快。

没有叶子的树,公园里面的凉亭,都在我的前面招呼着我。一走进公园去,那跑马戏的锣鼓的声音,就震着我的耳朵,几乎把耳朵震聋了的样子,我有点不辨方向了。我拉着有二伯烟荷包上的小圆葫芦向前走。经过白色布棚的时候,我听到里面喊着:

"怕不怕?"

"不怕。"

"敢不敢?"

"敢哪……"

不知道有二伯要走到什么地方去。

棚棚戏、西洋景……耍猴的……耍熊瞎子的……唱木偶戏的。这一些我们都走过来了,再往那边去,就什么也看不见了。并且地上的落叶也厚了起来,树叶子完全盖着我们在走着的路径。

"二伯!我们不看跑马戏的?"

我把烟荷包上的小圆葫芦放开,我和他距离开一点,我看着他的脸色:

"那里头有老虎……老虎我看过,我还没有看过大象。人家说这伙马戏班子是有三匹象:一匹大的两匹小的,大的……大的……人家说,那鼻子,就只一根鼻子比咱家烧火的叉子还长……"

他的脸色完全没有变动。我从他的左边跑到他的右边,又从右边跑到左边:

"是不是呢?有二伯,你说是不是……你也没看见过?"

因为我是倒退着走,被一条露在地面上的树根绊倒了。

"好好走!"他也并没有拉我。

我自己起来了。

公园的末角上,有一座茶亭,我想他到这个地方来,他是渴了!但他没有走进茶亭去,在茶亭后边,有和房子差不多,是席子搭起来的小房。

他把我领进去了,那里边黑洞洞的,最里边站着一个人,比画着,还打着什么竹板。有二伯一进门,就靠边坐在长板凳上,我就站在他的膝盖前,我的腿站得麻木了的时候,我也不能懂得那人是在干什么。他还和姑娘似的带着一条辫子,他把腿伸开了一只,像打拳的样子,又缩了回来,又把一只手往外推着……就这样走了一圈,接着又"叭"打了一下竹板。唱戏不像唱戏，耍猴不像耍猴，好像卖膏药的，可是我也看不见有人买膏药。

后来我就不向前边看，而向四面看，一个小孩也没有。前面的板凳一空下来，有二伯就带着我升到前面去，我也坐下来，但我坐不住，我总想看那大象。

"有二伯，咱们看大象去吧，不看这个。"

他说："别闹，别闹，好好听……"

"听什么，那是什么？"

"他说的是关公斩蔡阳……"

"什么关公哇？"

"关老爷，你没去过关老爷庙吗？"

我想起来了，关老爷庙里，关老爷骑着红色的马。

"对吧！关老爷骑着红色……"

"你听着……"他把我的话截断了。

我听了一会还是不懂，于是我转过身来，面向后坐着。还有一个瞎子，他的每一个眼球上盖着一个白泡；还有一个一条腿的人，手里还拿着木杖。坐在我旁边的人，那人的手包了起来，用一条布带挂到脖子上去。

等我听到"叭叭叭"地响了一阵竹板之后，有二伯还流了几颗眼泪。

我是一定要看大象的，回来的时候再经过白布棚我就站着不动了。

"要看，吃完晌饭再来看……"有二伯离开我慢慢地走着："回去，回去吃完晌饭再来看。"

"不嘛！饭我不吃，我不饿，看了再回去。"我拉住他的烟荷包。

"人家不让进，要买'票'的，你没看见……那不是把门的人吗？"

"那咱们不会也买'票'！"

"哪来的钱……买'票'，两个人要好几十吊钱。"

"我看见啦，你有钱，刚才在那棚子里你不是还给那个人钱来吗？"我贴到他的身上去。

"那才给几个铜钱！多了没有，你二伯多了没有。"

"我不信，我看有一大堆！"我跷着脚，掀开了他的衣襟，把手探进他的衣兜里去。

"是吧！多了没有吧！你二伯多了没有，没有进财的道……也就是看个小牌，赢两吊……可是输的时候也不少。哼哼。"他看着拿在我手里的五六个铜圆。

"信了吧！孩子，你二伯多了没有……不能有……"一边走下了木桥，他一边说着。

那马戏班子的喊声还是那么热烈地在我们的背后反复着。

有二伯在木桥下那围着一群孩子，抽签子的地方也替我抛上两个铜圆去。

我一伸手就在铁丝上拉下一张纸条来，纸条在水碗里面立刻变出一个通红的"五"字。

"是个几？"

"那不明明是个五吗？"我用肘部击撞着他。

"我哪认得呀！你二伯一个字也不识，一天书也没念过。"

小说 Ⅳ | 129

回来的路上，我就不断地吃着这五个糖球。

第二次，我看到有二伯偷东西，好像是第二年的夏天。因为那马蛇菜的花，开得过于鲜红，院心空场上的蒿草，长得比我的年龄还快，它超过我了，那草场上的蜂子、蜻蜓，还来了一些不知名的小虫，也来了一些特殊的草种，它们还会开着花，淡紫色的，一串一串的，站在草场中，它们还特别的高，所以那花穗和小旗子一样动荡在草场上。

吃完了午饭，我是什么也不做，专等着小朋友们来，可是他们一个也不来。于是我就跑到粮食房子去，因为母亲在清早端了一个方盘走进去过。我想那方盘中……哼……一定是有点什么东西。

母亲把方盘藏得很巧妙，不把它放在米柜上，也不放在粮食仓子上，她把它用绳子吊在房梁上了。我正在看着那奇怪的方盘的时候，我听到板仓里好像有耗子，也或者墙里面有耗子……总之，我是听到了一点响动……过了一会竟有了喘气的声音，我想不会是黄鼠狼子？我有点害怕，就故意用手拍着板仓，拍了两下，听听就什么也没有了……可是很快又有什么东西在喘气……咝咝的……好像肺管里面起着泡沫。

这次我有点暴躁：

"去！什么东西……"

有二伯的胸部和他红色的脖子从板仓伸出来一段……当时，我疑心我也许是在看着木偶戏！但那顶窗透进来的太阳证明给我，被那金红色液体的东西染着的正是有二伯尖长的突出的鼻子……他的胸膛在白色的单衫下面不能够再压制得住，好像小波浪似的在雨点里面任意地跳着。

他一点声音也没有作,只是站着,站着……他完全和一只受惊的公羊那般愚傻!

我和小朋友们,捉着甲虫,捕着蜻蜓,我们做这种事情,永不会厌倦。野草、野花、野的虫子,它们完全经营在我们的手里,从早晨到黄昏。

假若是个晴好的夜,我就单独留在草丛里边,那里有闪光的甲虫,有虫子低微的吟鸣,有蒿草摇着的夜影。

有时我竟压倒了蒿草,躺在上面,我爱那天空,我爱那星子……听人说过的海洋,我想也就和这天空差不多了。

晚饭的时候,我抱着一些装满了虫子的盒子,从草丛回来,经过粮食房子的旁边,使我惊奇的是有二伯还站在那里,破了的窗洞口露着他发青的嘴角和灰白的眼圈。

"院子里没有人吗?"好像是生病的人喑哑的喉咙。

"有!我妈在台阶上抽烟。"

"去吧!"

他完全没有笑容,他苍白,那头发好像墙头上跑着的野猫的毛皮。

饭桌上,有二伯的位置,那木凳上蹲着一匹小花狗。它戏耍着的时候,那卷尾巴和那铜铃完全引人可爱。

母亲投了一块肉给它。歪脖的厨子从汤锅里取出一块很大的骨头来……花狗跳到地上去,追了那骨头发了狂,那铜铃暴躁起来……

小妹妹笑得用筷子打着碗边,厨夫拉起围裙来擦着眼睛,母亲却把汤碗倒翻在桌子上了。

"快拿……快拿抹布来，快……流下来啦……"她用手按着嘴，可是总有些饭粒喷出来。

厨夫收拾桌子的时候，就点起煤油灯来，我面向着菜园坐在门槛上，从门道流出来的黄色的灯光当中，砌着我圆圆的头部和肩膀，我时时举动着手，揩着额头的汗水，每揩一下，那影子也学着我揩一下。透过我单衫的晚风，像是青蓝色的河水似的清凉……后街，粮米店的胡琴的声音也响了起来，幽远的回音，东边也在叫着，西边也在叫着……日里黄色的花变成白色的了；红色的花，变成黑色的了。

火一样红的马蛇菜的花也变成黑色的了。同时，那盘结着墙根的野马蛇菜的小花，就完全看不见了。

有二伯也许就踏着那些小花走去的，因为他太接近墙根了，我看着他……看着他……他走出了菜园的板门。

他一点也不知道，我从后面跟了上去。因为我觉得奇怪，他偷这东西做什么呢？不好吃，也不好玩。

我追到了板门，他已经过了桥，奔向着东边的高岗。高岗上的去路，宽宏而明亮。两边排着的门楼在月亮下面，我把它们当成庙堂一般想象。

有二伯背上那圆圆的小袋子我还看得见的时候，远处，在他的前方，就起着狗叫了。

第三次我看见他偷东西，也许是第四次……但这也就是最后的一次。

他掮了大澡盆从菜园的边上横穿了过去，一些龙头花被他撞掉下来。这次好像他一点也不害怕,那白洋铁的澡盆哐啷哐啷地埋没着他的头部在呻叫。

并且好像大块的白银似的,那闪光照耀得我很害怕,我靠到墙根上去,我几乎是发呆地站着。

我想:母亲抓到了他,是不是会打他呢?同时我又起了一种佩服他的心情:"我将来也敢和他这样偷东西吗?"

但我又想:我是不偷这东西的,偷这东西干什么呢?这样大,放到那里母亲也会捉到的。

但有二伯却顶着它像是故事里银色的大蛇似的走去了。

以后,我就没有看到他再偷过。但我又看到了别样的事情,那更危险,而且是常常发生,比方我在蒿草中正捏住了蜻蜓的尾巴……咕咚……板墙上有一块大石头似的抛了过来,蜻蜓无疑的是飞了。比方夜里我就不敢再沿着那道板墙去捉蟋蟀,因为不知什么时候有二伯会从墙顶落下来。

丢了澡盆之后,母亲把三道门都下了锁。

所以小朋友们之中,我的蟋蟀捉得最少。因此我就怨恨有二伯:

"你总是跳墙,跳墙……人家蟋蟀都不能捉了!"

"不跳墙……说得好,有谁给开门呢?"他的脖子挺得很直。

"杨厨子开吧……"

"杨……厨子……哼……你们是家里人……支使得动他……你二伯……"

"你不会喊!叫他……叫他听不着,你就不会打门……"我的两只手,向两边摆着。

"哼……打门……"他的眼睛用力往低处看去。

"打门再听不着,你不会用脚踢……"

"踢……锁上啦……踢它干什么!"

"那你就非跳墙不可,是不是?跳也不轻轻跳,跳得那样吓人!"

"怎么轻轻的?"

"像我跳墙的时候,谁也听不着,落下来的时候,是蹲着……两只膀子张开……"我平地就跳了一下给他看。

"小的时候是行啊……老了,不行啦!骨头都硬啦!你二伯比你大六十岁,哪儿还比得了?"

他嘴角上流下来一点点的笑。右手拿抓着烟荷包,左手摸着站在旁边的大白狗的耳朵……狗的舌头舐着他。

可是我总也不相信,怎么骨头还会硬与不硬?骨头不就是骨头吗?猪骨头我也咬不动,羊骨头我也咬不动,怎么我的骨头就和有二伯的骨头不一样?

所以,以后我拾到了骨头,就常常彼此把它们磕一磕。遇到同伴比我大几岁的,或是小一岁的,我都要和他们试试,怎样试呢?撞一撞拳头的骨节,倒是软多少硬多少,但总也觉不出来。若用力些就撞得很痛,第一次来撞的是哑巴——管事的女儿。起先她不肯,我就告诉她:

"你比我小一岁,来试试,人小骨头是软的,看看你软不软?"

当时,她的骨节就红了,我想:她的一定比我软。可是,看看自己的也红了。

有一次,有二伯从板墙上掉下来,他摔破了鼻子。

"哼！没加小心……一只腿下来……一只腿挂在墙上……哼！闹个大头朝下……"

他好像在嘲笑着他自己，并不用衣襟或是什么揩去那血，看起来，在流血的似乎不是他自己的鼻子，他挺着很直的背脊走向厢房，血条一面走着一面更多地画着他的前襟。已经染了血的手是垂着，而不去按住鼻子。

厨夫歪着脖子站在院心，他说：

"有二爷，你这血真新鲜……我看你多摔两个也不要紧……"

"哼，小伙子，谁也从年轻过过！就不用挖苦……慢慢就有啦……"他的嘴还在血条里面笑着。

过一会，有二伯裸着胸脯和肩头，站在厢房门口，鼻子孔塞着两块小东西，他喊着：

"老杨……杨安……有单褂子借给穿穿……明天这件干啦就把你的脱下来……我那件掉了膀子。夹的送去做，还没倒出工夫去拿……"他手里抖着那件洗过的衣裳。

"你说什么？"杨安几乎是喊着，"你送去做的夹衣裳还没倒出工夫去拿？有二爷真是忙人！衣服做都做好啦……拿一趟就没有工夫去拿……有二爷真是二爷，将来要用个跟班的啦……"

我爬着梯子，上了厢房的房顶，听着街上是有打架的，上去看一看。房顶上的风很大，我打着颤子下来了。有二伯还赤着臂膀站在檐下，那件湿的衣裳在绳子上啪啪地被风吹着。

点灯的时候，我进屋去加了件衣裳，很例外我看到有二伯单独地坐在饭桌的屋子里喝酒，并且更奇怪的是杨厨子给他盛着汤。

"我各自盛吧！你去歇歇吧……"有二伯和杨安争夺着汤盆里的勺子。

我走去看看，酒壶旁边的小碟子里还有两片肉。

有二伯穿着杨安的小黑马褂，腰带几乎是束到胸脯上去。他从来不穿这样小的衣裳，我看他不像个有二伯，像谁呢？也说不出来。他嘴在嚼着东西，鼻子上的小塞还会动着。

本来只有父亲晚上回来的时候，才单独地坐在洋灯下吃饭。在有二伯，就很新奇，所以我站着看了一会。

杨安像个弯腰的瘦甲虫，他跑到客室的门口去……

"快看看……"他歪着脖子，"都说他不吃羊肉……不吃羊肉……肚子太小，怕是胀破了……三大碗羊汤喝完啦……完啦……哈哈哈……"他小声地笑着，做着手势，放下了门帘。

又一次，完全不是羊肉汤……而是牛肉汤……可是当有二伯拿起了勺子，杨安就说：

"羊肉汤……"

他就把勺子放下了，用筷子夹着盘子里的炒茄子，杨安又告诉他：

"羊肝炒茄子。"

他把筷子去洗了洗，自己到碗橱去拿出了一碟酱咸菜，他还没有拿到桌子上，杨安又说：

"羊……"他说不下去了。

"羊什么呢……"有二伯看着他。

"羊……羊……唔……是咸菜呀……嗯！咸菜里边说干净也不干净……"

"怎么不干净？"

"用切羊肉的刀切的咸菜。"

"我说杨安，你可不能这样……"有二伯离着桌子很远，就把碟子摔了上去，桌面过于光滑，小碟在上面呱呱地跑着，撞在另一个盘子上才停住。

"你杨安……可不用欺生……姓姜的家里没有你……你和我也是一样，是个外棵秧！年轻人好好学……怪模怪样的……将来还要有个后成……"

"呃呀呀！后成！就算绝后一辈子吧……不吃羊肠……麻花铺子炸面鱼，假腥气……不吃羊肠，可吃羊肉……别装扮着啦……"杨安的脖子因为生气直了一点。

"兔羔子……你他妈……阳气什么？"有二伯站起来向前走去。

"有二爷，不要动那样大的气……气大伤身不养家……我说，咱爷俩都是跑腿子……说个笑话……开个心……"厨子嗷嗷地笑着，"哪里有羊肠呢……说着玩……你看你就不得了啦……"

好像站在公园里的石人似的，有二伯站在地心。

"……别的我不生气……闹笑话，也不怕闹……可是我就忌讳这手……这不是好闹笑话的……前年我不知道吃过一回……后来知道啦，病了半个多月……后来这脖上生了一块疮算是好了……吃一回羊肉倒不算什么……就是心里头放不下，就好像背了自己的良心……背良心的事不做……做了那后悔是受不住的，有二不吃羊肉也就是为的这个……"喝了一口冷水之后他还是抽烟。

别人一个一个地开始离开了桌子……

从此有二伯的鼻子常常塞着小塞,后来又说腰痛,后来又说腿痛。他走过院心不像从前那么挺直,有时身子向一边歪着,有时用手拉住自己的腰带……大白狗跟着他前后地跳着的时候,他躲闪着它:

"去吧……去吧!"他把手梢缩在袖子里面,用袖口向后扫摆着。

但,他开始诅骂更小的东西,比方一块砖头打在他的脚上,他就坐下来,用手按在那砖头,好像他疑心那砖头会自己走到他脚上来的一样。若当鸟雀们飞着时,有什么脏污的东西落在他的袖子或是什么地方,他就一面抖掉它,一面对着那已经飞过去的小东西讲着话:

"这东西……啊哈!会找地方,往袖子上掉……你也是个瞎眼睛,掉,就往那个穿绸穿缎的身上掉!往我这掉也是白……穷跑腿子……"

他擦净了袖子,又向他头顶上那块天空看了一会,才重新走路。

板墙下的蟋蟀没有了,有二伯也好像不再跳板墙了。早晨厨子挑水的时候,他就跟着水桶通过板门去,而后向着井沿走,就坐在井沿旁的空着的碾盘上。差不多每天我拿了钥匙放小朋友们进来时,他总是在碾盘上招呼着:

"花子……等一等你二伯……"我看他像鸭子在走路似的,"你二伯真是不行了……眼看着……眼看着孩子们往这面来,可是你二伯就追不上……"

他一进了板门,又坐在门边的木樽上。他的一只脚穿着袜子,另一只的脚趾捆了一段麻绳,他把麻绳抖开,在小布片下面,那肿胀的脚趾上还腐了一小块。好像茄子似的脚趾,他又把它包扎起来。

"今年的运气十分不好……小毛病紧着添……"他取下来咬在嘴上的麻绳。

以后当我放小朋友进来的时候,不是有二伯招呼着我,而是我招呼着他。因为关了门,他再走到门口,给他开门的人也还是我。

在碾盘上不但坐着,他后来就常常睡觉,他睡得就像完全没有了感觉似的,有一个花鸭子伸着脖颈啄着他的脚心,可是他没有醒,他还是把脚伸在原来的地方。碾盘在太阳下闪着光,他像是睡在圆镜子上边。

我们这些孩子们抛着石子和飞着沙土,我们从板门冲出来,跑到井沿上去,因为井沿上有更多的石子,我把我的衣袋装满了它们,就蹲在碾盘后和他们作战,石子在碾盘上"叭""叭",好像还冒着一道烟。

有二伯闭着眼睛忽然抓了他的烟袋:

"王八蛋,干什么……还敢来……还敢上……"

他打着他的左边和右边,等我们都集拢来看他的时候,他才坐起来。

"……妈的……做了一个梦……那条道上的狗真多……连小狗崽也上来啦……让我几烟袋锅子就全数打了回去……"他揉一揉手骨节,嘴角上流下笑来,"妈的……真是那么个滋味……

做梦狗咬了呢……醒了还有点疼……"

明明是我们打来的石子,他说是小狗崽,我们都为这事吃惊而得意。跑开了,好像散开的鸡群,吵叫着,展着翅膀。

他打着呵欠:"呵……呵呵……"在我们背后像小驴子似的叫着。

我们回头看他,他和要吞食什么一样,向着太阳张着嘴。

那下着毛毛雨的早晨,有二伯就坐到碾盘上去了。杨安担着水桶从板门来来往往地走了好几回……杨安锁着板门的时候,他就说:

"有二爷子这几天可真变样……那神气,我看几天就得进庙啦……"

我从板缝往西边看看,看不清是有二伯,好像小草堆似的,在雨里边浇着。

"有二伯……吃饭啦!"我试着喊了一声。

回答我的,只是我自己的回响,"呜呜"地在我的背后传来。

"有二伯,吃饭啦!"这次把嘴唇对准了板缝。

可是回答我的又是"呜呜"。

下雨的天气永远和夜晚一样,到处好像空瓶子似的,随时被吹着,随时发着响。

"不用理他……"母亲在开窗子,"他是找死……你爸爸这几天就想收拾他呢……"

我知道这"收拾"是什么意思:打孩子们叫"打",打大人就叫"收拾"。

我看到一次,因为看纸牌的事情,有二伯被管事的"收拾"

了一回。可是父亲，我还没有看见过，母亲向杨厨子说：

"这几年来，他爸爸不屑理他……总也没在他身上动过手……可是他的骄毛越长越长……贱骨头，非得收拾不可……若不然……他就不自在。"

母亲越说"收拾"我就越有点害怕，在什么地方"收拾"呢？在院心，管事的那回可不是在院心，是在厢房的炕上。那么这回也要在厢房里！是不是要拿着烧火的叉子？那回管事的可是拿着。我又想起来小哑巴，小哑巴让他们踏了一脚，手指差一点没有踏断，到现在那小手指还不是弯着吗？

有二伯一面敲着门一面说着：

"大白……大白……你是没心肝的……你早晚……"等大白狗从板墙跳出去，他又说："去……去……"

"开门！没有人吗？"

我要跑去的时候，母亲按住了我的头顶："不用你显勤快！让他站一会吧，不是吃他饭长的……"

那声音越来越大了，真是好像用脚踢着。

"没有人吗？"每个字的声音完全喊得一平。

"人倒是有,倒不是侍候你的……你这份老爷子不中用……"母亲的说话，不知有二伯听到没有听到。

但那板门暴乱起来：

"死绝了吗？人都死绝啦……"

"你可不用假装疯魔……有二，你骂谁呀……对不住你吗？"母亲在厨房里叫着，"你的后半辈吃谁的饭来的……你想想，睡不着觉思量思量……有骨头，别吃人家的饭！讨饭吃，还嫌酸……"

并没有回答的声音，板墙隆隆地响着，等我们看到他，他已经是站在墙这边了。

"我……我说……四妹子……你二哥说的是杨安，家里人……我是不说的……你二哥，没能耐不是假的，可是吃这碗饭，你可也不用委屈……"我奇怪要打架的时候，他还笑着，"有四兄弟在……算账咱们和四兄弟算……"

"四兄弟……四兄弟屑得跟你算……"母亲向后推着我。

"不屑得跟你二哥算……哼！哪天咱们就算算看……哪天四兄弟不上学堂……咱们就算算看……"他哼哼的，好像水洗过的小瓦盆似的没有边沿的草帽切着他的前额。

他走过的院心上，一个一个地留下了泥窝。

"这死鬼……也不死……脚烂啦！还一样会跳墙……"母亲像是故意让他听到。

"我说四妹子……你们说的是你二哥……哼哼……你们能说出口来？我死……人不好那样，谁都是爹娘养的，吃饭长的……"他拉开了厢房的门扇，就和拉着一片石头似的那样用力，但他并不走进去，"你二哥，在你家住了三十多年……哪一点对不住你们；拍拍良心……一根草棍也没给你们糟蹋过……唉……四妹子……这年头……没处说去……没处说去……人心看不见……"

我拿着满手的柿子，在院心滑着跳着跑到厢房去，有二伯在烤着一个温暖的火堆，他坐得那么刚直，和门旁那只空着的大坛子一样。

"滚……鬼头鬼脑的……干什么事？你们家里头尽是些耗

子。"我站在门口还没有进去,他就这样地骂着我。

我想:可真是,不怪杨厨子说,有二伯真有点变了。他骂人也骂得那么奇怪,尽是些我不懂的话,"耗子","耗子"与我有什么关系!说它干什么?

我还是站在门边,他又说:

"王八羔子……兔羔子……穷命……狗命……不是人……在人里头缺点什么……"他说的是一套一套的,我一点也记不住。

我也学着他,把鞋脱下来,两个鞋底相对起来,坐在下面。

"你这孩子……人家什么样,你也什么样!看着葫芦就画瓢……那好的……新新的鞋子就坐……"他的眼睛就像坛子上没有烧好的小坑似的向着我。

"那你怎么坐呢!"我把手伸到火上去。

"你二伯坐……你看看你二伯这鞋……坐不坐都是一样,不能要啦!穿了它两年整。"把鞋从身下抽出来,向着火看了许多工夫。他忽然又生起气来……

"你们……这都是天堂的呀……你二伯像你那么大……没穿过鞋……哪来的鞋呢?放猪去,拿着个小鞭子就走……一天跟着太阳出去……又跟着太阳回来……带着两个饭团就算是晌饭……你看看你们……馒头干粮,满院子滚!我若一扫院子就准能捡着几个……你二伯小时候连馒头边都……都摸不着哇!如今……连大白狗都不去吃啦……"

他的这些话若不去打断他,他就会永久说下去:从幼小说到长大,再说到锅台上的瓦盆……再从瓦盆回到他幼年吃过的那个饭团上去。我知道他又是这一套,很使我起反感,我讨厌他，我就把红柿子放在火上去烧着，看一看烧熟是个什么样。

"去去……哪有你这样的孩子呢？人家烘点火暖暖……你也必得弄灭它……去，上一边烧去……"他看着火堆喊着。

我穿上鞋就跑了，房门是开着，所以那骂的声音很大：

"鬼头鬼脑的，干些什么事？你们家里……尽是些耗子……"

有二伯和后园里的老茄子一样，是灰白了，然而老茄子一天比一天静默下去，好像完全任凭了命运。可是有二伯从东墙骂到西墙，从扫地的扫帚骂到水桶……而后他骂着他自己的草帽……

"……王八蛋……这是什么东西……去你的吧……没有人心！夏不遮凉，冬不抗寒……"

后来他还是把草帽戴上，跟着杨厨子的水桶走到井沿上去，他并不坐到石碾上，跟着水桶又回来了。

"王八蛋……你还算个牲口……你黑心粒……"他看看墙根的猪说。

他一转身又看到了一群鸭子：

"哪天都杀了你们……一天到晚呱呱的……他妈的若是个人，也是个闲人。都杀了你们……别享福……吃得溜溜胖……溜溜肥……"

后园里的葵花子，完全成熟了，那过重的头柄几乎折断了它自己的身子。玉米有的只带了叶子站在那里，有的还挂着稀少的玉米棒。黄瓜老在架上了，赭黄色的，麻裂了皮，有的束上了红色的带子，母亲规定了它们：来年作为种子。葵花子也是一样，在它们的颈间也有的是挂了红布条。只有已经发了灰白的老茄子还都自由地吊在枝棵上，因为它们的内面，完全是黑色的籽粒，孩子们既然不吃它，厨子也总不采它。

只有红柿子，红得更快，一个跟着一个，一堆跟着一堆。好像捣衣裳的声音，从四面八方传来了一样。

有二伯在一个清凉的早晨，和那捣衣裳的声音一道倒在院心了。

我们这些孩子们围绕着他，邻人们也围绕着他，但当他爬起来的时候，邻人们又都向他让开了路。

他跑过去，又倒下来了。父亲好像什么也没做，只在有二伯的头上拍了一下。

照这样做了好几次，有二伯只是和一条卷虫似的滚着。

父亲却和一部机器似的那么灵巧。他读书看报时的眼镜也还戴着，他叉着腿，有二伯来了的时候，我看见他的白绸衫的襟角很和谐地抖了一下。

"有二……你这小子混蛋……一天到晚，你骂什么……有吃有喝，你还要挣命……你个祖宗的！"

有二伯什么声音也没有。倒了的时候，他想法子爬起来，爬起来他就向前走着，走到父亲的地方他又倒了下来。

等他再倒了下来的时候，邻人们也不去围绕着他。母亲始终是站在台阶上。杨安在柴堆旁边，胸前立着竹帚……邻家的老祖母在板门外被风吹着她头上的蓝色的花。还有管事的……还有小哑巴……还有我不认识的人，他们都靠到墙根上去。

到后来有二伯枕着他自己的血，不再起来了，脚趾上扎着的那块麻绳脱落在旁边，烟荷包上的小圆葫芦，只留了一些片沫在他的左近。鸡叫着，但是跑得那么远……只有鸭子来啄食那地上的血液。

我看到一个绿头顶的鸭子和一个花脖子的。

冬天一来了的时候，那榆树的叶子，连一棵也不能够存在，因为是一棵孤树，所有从四面来的风，都摇得到它。所以每夜听着火炉盖上茶壶咝咝的声音的时候，我就从后窗看着那棵大树，白的，穿起了鹅毛似的……连那顶小的枝子也胖了一些。太阳来了的时候，榆树也会闪光，和闪光的房顶、闪光的地面一样。

起初，我们是玩着堆雪人，后来就厌倦了，改为拖狗爬犁了，大白狗的脖子上每天束着绳子，杨安给我们做起来的爬犁。起初，大白狗完全不走正路，它往狗窝里面跑，往厨房里面跑。我们打着它，终于使它习惯下来，但也常常兜着圈子，把我们全数扣在雪地上。它每这样做一次，我们就一天不许它吃东西，嘴上给他挂了笼头。

但这它又受不惯，总是闹着，叫着……用腿抓着雪地，所以我们把它束到马桩子上。

不知为什么，有二伯把它解了下来，他的手又颤颤得那么厉害。

而后他把狗牵到厢房里去，好像牵着一匹小马一样……

过了一会出来了，白狗的背上压着不少东西：草帽顶、铜水壶、豆油灯碗、方枕头、团蒲扇……小圆筐……好像一辆搬家的小车。

有二伯则挟着他的棉被。

"二伯！你要回家吗？"

他总常说"走走"，我想"走"就是回家的意思。

"你二伯……嗯……"那被子流下来的棉花一块一块地玷污了雪地，黑灰似的在雪地上滚着。

还没走到板门，白狗就停下了，并且打着，他有些牵不住它了。

"你不走吗？你……大白……"

我取来钥匙给他开了门。

在井沿的地方，狗背上的东西，就全都弄翻了。在石碾上摆着小圆筐和铜茶壶这一切。

"有二伯……你回家吗？"若是不回家为什么带着这些东西呢！

"嗯……你二伯……"

白狗跑得很远的了。

"这儿不是你二伯的家，你二伯别处也没有家。"

"来……"他招呼着大白狗，"不让你背东西……就来吧……"

他好像要去抱那狗似的张开了两臂。

"我要等到开春……就不行……"他拿起了铜水壶和别的一切。

我想他是一定要走了。

我看着远处白雪里边的大门。

但他转回身去，又向着板门走了回来，他走动的时候，好像肩上担着水桶的人一样，东边摇着，西边摇着。

"二伯，你是忘下了什么东西？"

但回答着我的只有水壶盖上的铜环……咯铃铃咯铃铃……

他是去牵大白狗吧?对这件事我很感到趣味,所以我抛弃了小朋友们,跟在有二伯的背后。

走到厢房门口,他就进去了,戴着笼头的白狗,他像没有看见它。

他是忘下了什么东西?

但他什么也不去拿,坐在炕沿上,那所有的全套的零碎完全照样在背上和胸上压着他。

他开始说话的时候,连自己也不能知道我是已经向着他的旁边走去。

"花子!你关上门……来……"他按着从身上退下来的东西,"你来看看!"

我看到的是些什么呢?

掀起席子来,他抓了一把:"就是这个……"而后他把谷粒抛到地上,"这不明明是往外撵我吗……腰疼……腿疼没有人看见……这炕暖倒记住啦!说是没有米吃,这谷子又潮湿……垫在这炕下炀几天……十几天啦……一寸多厚……烧点火还能热上来……哎!……想是等到开春……这衣裳不抗风……"

他拿起扫帚来,扫着窗棂上的霜雪,又扫着墙壁:

"这是些什么?吃糖可就不用花钱?"

随后他烧起火来,柴草就着在灶口外边,他的胡子上小白冰溜变成了水,而我的眼睛流着泪……那烟遮没了他和我。

他说他七岁上被狼咬了一口,八岁上被驴子踢掉一个脚趾……我问他:

"老虎，真的，山上的你看见过吗？"

他说：

"那倒没有。"

我又问他：

"大象你看见过吗？"

而他就不说到这上面来。他说他放牛放了几年，放猪放了几年……

"你二伯三个月没有娘……六个月没有爹……在叔叔家里住到整整七岁，就像你这么大……"

"像我这么大怎么的呢？"他不说到狼和虎我就不愿意听。

"像你那么大就给人家放猪去了吧……"

"狼咬你就是像我那么大咬的？咬完啦，你还敢再上山不敢了……"

"不敢，哼……在自家里是孩子……在别人就当大人看……不敢……不敢……回家去……你二伯也是怕呀……为此哭过一些……好打也挨过一些……"

我再问他："狼就咬过一回？"

他就不说狼，而说一些别的：又是那年他给人家当过喂马的……又是我爷爷怎么把他领到家里来的……又是什么五月里樱桃开花啦……又是："你二伯前些年也想给你娶个二大娘……"

我知道他又是从前那一套，我冲开了门站在院心去了。被烟所伤痛的眼睛什么也不能看了，只是流着泪……

但有二伯瘫在火堆旁边，幽幽地起着哭声……

我走向上房去了，太阳晒着我，还有别的白色的闪光，它们都来包围了我；或是在前面迎接着，或是从后面追赶着我站在台阶上，向四面看看，那么多纯白而闪光的房顶！那么多闪光的树枝！它们好像白石雕成的珊瑚树似的站在一些房子中间。

有二伯的哭声更高了的时候，我就对着这眼前的一切更爱：它们多么接近，比方雪地是踏在我的脚下，那些房顶和树枝就是我的邻家，太阳虽然远一点，然而也来照在我的头上。

春天，我进了附近的小学校。

有二伯从此也就不见了。

（署名萧红，连载于 1936 年 10 月 15 日、11 月 15 日上海《作家》第 2 卷第 1 号、2 号）

亚丽

一

已经黄昏了,我从外面回来,身子感觉得一些疲倦。很匆匆地走进自己的房里,脱掉外衣,伸了个懒腰即刻就躺在床上去了。

同屋的那女人尖唳的咆哮是那么有力量地窜入脑袋,很快的,没有头绪的烦闷在混乱地动摇了。"这男人是只怕再找不出的老实……"脑袋中浮起了一个懦怯的中年人的影子——蓬着的头,黄瘦的脸,两手放在裤子口袋里来回地拖着颓唐的脚步,沉默着,犹如他的喉咙给软木塞塞住了似的。

"没用的东西,原来你们的性根就是如此的,哼……"这泼辣的教训,谁不相信是责骂着他的儿子?这女人生疏的中国话的声音是那么做着的勉强,听着时正如听齿子磨着齿子地令人难过。

独自埋身在寂寞里,思想无涯岸地展开着。

忽然亚丽的影子闪入眼中，我惊奇地跳了起来。

亚丽——老实的中年人的女儿，一个静美的可爱的姑娘，两块醉人的红色的面颊，常常是带着不可捉摸的神秘的感伤，低着头，美丽的眼睛常常呆呆凝视着地上的灰尘。

亚丽站在我的面前，犹如古庙的神女的塑像，她的脸上挂上泪珠，这美感悲哀折毁我忐忑的心灵破破碎碎。

"什么事，亚丽，不是……"我战颤地问她。

她的手冰冷，她的脸渐变为苍白。她呆痴地如给魔鬼抓着了喉咙，然而，很机警地望望门外，她想走可又站住了，像在思索……

"我们明天搬家……"声音如钢锯的颤动。

这消息毁坏了我的脑袋，我木鸡似的呆住。

那泼悍的声音呼唤着亚丽，她犹豫地不安地站着，突然地，如猛醒过来惊慌地跑出去了。

二

亚丽他们搬出去了整整地有一个星期。星期六的傍晚，亚丽来拜访我了，那力量给予了我生活的安慰，并不是一种普通的诱惑。

阳光忧郁地懒懒地射进窗子，清凉的微风殷殷地带来了黄昏的悲哀的暮气。

亚丽默默地低着头，几天来她的脸毕竟给苍白毁灭了。然而，这愈增加了她的美丽——她动人心的感伤。虽然，我与她仅只同屋二月,平时极少交谈,也许正因此我们心里的感触是那老练的透明。

我爱亚丽的天赋的感伤,我爱她温柔的沉默;我们静静地默坐,犹如我们在欣赏几首悲哀的豪雄的大力的生活之赞美诗,我们中间水不会给予寂寞来进攻。

一只鸟在窗前掠过去,风飘着一片落叶。

夜幕慢慢伸展开来。

"飞鸟的生涯是美丽的,落叶又为什么给风飘着呢?"亚丽望着窗外缓缓地说,这是感伤的季节哟!

"我们为什么不是飞鸟呢?……"我感动地说着。

"精神在灵魂内会掘发出世界窄隘,简陋,寥寂,悲感。精神内才会埋伏着愤怒与力量;人生……"她的声音如同祈祷,如同背诵着美丽的诗句。

"亚丽!……"我疑惑着那泼辣的异国女人会生出亚丽,我失声地叫了出来,接着很犹豫地问:"你的故乡是什么地方呢?……"

亚丽失常地凝视着我,她没有回答,慢慢地她掉下泪来,她面上的伤感简直将我撕成碎片。

"亚丽!……你太伤感了!你要知道眼泪与悲哀毫无裨益,于生活是一种可恶的障碍……"

黑暗薄薄地笼罩了大地,夜已拖着轻快的步履。

亚丽走啦!我第一次握着她的手,我的心如同受伤的小兔在喘息与惊恐。

三

因为住在这房子里有种种不方便,我终久是搬了家。

虽然我已经找人暗暗地将我的新住址通知了亚丽,然而她已有一月未曾到我这里来!

每天的黄昏,我痛苦地等待着;焦灼,烦闷,恐惧,怀念,照例地来将我残酷地袭击;我费了极大的力量来抑制一切;这样,我的脑袋里才慢慢地淡了下来。

然而,一个美丽的影子在某时仍旧有大的魔力。

一个星期日的中午,我正在甜蜜的午睡,突然给肥胖的房东叫醒——她有极小的脚,走起路来好像一只母鸭。

我擦着惺忪的睡眼,跑出去接见来访客人,这给予我可怕的惊异——天知道!美丽的亚丽瘦得几乎使我都不认识了,她的面色苍白得如一张白纸,眼睛红红的肿了起来,黑色的头发在秋风里非常零乱,态度颓唐,而悲哀正如一匹在战场受了伤的骏马!我几乎感动得流下泪来。

"你怎样呀,亚丽!"

"这没有什么的,请你不要担心,同时这与我毫无关系,因为我的心始终如一……"她咳嗽了几声,泪水很明显地在眼眶内打转。

"我极纯洁地爱着你,然而我更爱着我的前途的光明,我为了要追求生活的力量。为了精神的美丽与安宁,为了所有的我的可怜的人们,我得张开我的翅膀,我得牺牲我的私见,请你不要怀疑，我以灵魂保护着你，爱护着你，我要去了！……请你将那信接着。"她的声音悲痛地战栗着，然而她的灵魂表现得很安定，精神犹如战场的勇土，热血在她细微的血管中将膨胀得破裂而流出……

亚丽果然地去了，我木鸡似的立在门口好半天。

一页信纸里几十个有力的字使得我流泪了，我坚硬的黑发……

信上是："好朋友，请不要惊奇，我的故乡是可怜的朝鲜，我的慈母如今仍旧住在那里；我的父亲是最激烈的×××，他被强迫与这凶狠的女人结了婚，又被逐在中国。现在他已由这毒恶的妇人宣布了秘密被捉而不知生死，然而他的灵魂是高超的。我费尽了力气逃出了黑暗的地狱，无论如何我的血要在我自己的国土上去洒泼……"

（署名萧红，原载于1936年11月16日上海《大沪联报》第3版）

逃难

这火车可怎能上去？要带东西是不可能。就单人说吧，也得从下边用人抬。

何南生在抗战之前做小学教员，他从南京逃难到陕西遇到一个朋友是做中学校长的，于是他就做了中学教员。做中学教员这回事先不提。就单说何南生这面貌，一看上去真使你替他发愁。两个眼睛非常光亮而又时时在留神，凡是别人要看的东西，他却躲避着，而别人不要看的东西，他却偷看着。他还没开口说话，他的嘴先向四边咧着，几乎把嘴咧成一个火柴盒形，那样子人疑心他吃了黄连。除了这之外，他的脸上还有点特别的地方。就是下眼睑之下那两块豆腐块样突起的方形筋肉，无管他在说话的时候，在笑的时候，在发愁的时候，那两块筋肉永久不会运动。就连他最好的好朋友，不用说，就连他的太太吧！也从没有看到他那两块砖头似的筋肉运动过。

"这是干什么……这些人。我说，中国人若有出息真他妈的……"

何南生一向反对中国人，就好像他自己不是中国人似的。

抗战之前反对得更厉害，抗战之后稍稍好了一点，不过有时候仍旧来了他的老毛病。

什么是他的老毛病呢？就是他本身将要发生点困难的事情，也许这事情不一定发生。只要他一想到关于他本身的一点不痛快的事，他就对全世界怀着不满。好比他的袜子晚上脱的时候掉在地板上，差一点没给耗子咬了一个洞；又好比临走下讲台的当儿，一脚踏在一支粉笔头上，粉笔头一滚，好险没有跌了一跤。总之，危险的事情若没有发生就过去了，他就越感到那危险得了不得，所以他的嘴上除掉常常说中国人怎样怎样之外，还有一句常说的就是："到那时候可怎么办哪……"

他一回头，又看到了那塞满着人的好像鸭笼似的火车。

"到那时候可怎么办哪？"现在他所说的到那时候可怎么办，是指着到他们逃难的时候可怎么办。

何南生和他的太太送走了一个同事，还没有离开站台，他就开始不满意。他的眼睛离开那火车第一眼看到他的太太，就觉得自己的太太胖得像笨猪，这在逃难的时候多麻烦。

"看吧，到那时候可怎么办！"他心里想着，"再胖点就是一辆火车都要装不下啦！"可是他并没有说。

他又想到，还有两个孩子，还有一只柳条箱、一只猪皮箱、一个网篮。三床被子也得都带着……网篮里边还装着两个白铁锅。到哪里还不是得烧饭呢！逃难，逃到哪里还不是得先吃饭呢！不用说逃难，就说抗战吧，我看天天说抗战的逃起难来比谁都来得快，而且带着孩子老婆锅碗瓢盆一大堆。

在路上他走在他太太的前边，因为他心里一烦乱，就什么也不愿意看。他的脖子向前探着，两个肩头低落下来，两只胳臂就像用稻草做的似的，一路上连手指尖都没有弹一下。若不是看到他的两只脚还在一前一后地移动着，真要相信他是画匠铺里的纸彩人了。

这几天来何南生就替他们的家庭忧着心，而忧心得最厉害的就是从他送走那个同事，那快要压瘫人的火车的印象总不能去掉。可是也难说，就是不逃难，不抗战，什么事也没有的时候，他也总是胆颤心惊的。这一抗战，他就觉得个人的幸福算完全不用希望了，他就开始做着倒霉的准备。倒霉也要准备的吗？读者们可不要稀奇，现在何南生就要做给我们看了：1938年3月15日，何南生从床上起来了，第一眼他看到的，就是墙上他已准备好的日历。

"对的，是今天，今天是15……"

一夜他没有好好睡，凡是他能够想起的，他就一件一件的无管大事小事都把它想一遍，一直听到了潼关的炮声。

敌人占了风陵渡和我们隔河炮战已经好几天了，这炮声夜里就停息，天一亮就开始。本来这炮声也没有什么可怕的。何南生也不怕，虽然他教书的那个学校离潼关几十里路，照理应该害怕，可是因为他的东西都通通整理好了，就要走了，还管他炮战不炮战呢！

他第二眼看到的就是他太太给他摆在枕头旁边的一双新袜子。

"这是干什么？这是逃难哪……不是上任去呀……你知道现在袜子多少钱一双……"他喊着他的太太，"快把旧袜子给我拿来！把这新袜子给我放起来。"

他把脚尖伸进拖鞋里去,没有看见破袜子破到什么程度,那露在后边的脚跟,他太太一看到就咧起嘴来。

"你笑什么,你笑!这有什么好笑的……还不快给孩子穿衣裳。天不早啦……上火车比登天还难,那天你还没看见。袜子破有什么好笑的,你没看到前线上的士兵呢!都光着脚。"这样说好像他看见了,其实他也没有看见。

十一点钟还有他的一点钟历史课,他没有去上,两点钟他要上车站。

他吃午饭的时候,一会看看钟,一会揩揩汗。心里一着急,所以他就出汗。学生问他几点钟开车,他就说:"六点一班车,八点还有一班车,我是预备六点的,现在的事难说,要早去,何况我是带着他们……"他所说的"他们",指的是孩子、老婆和箱子。

因为他是学生们组织的抗战救国团的指导,临走之前还得给学生们讲几句话。他讲的什么,他没有准备,他一开头就说,他说他三五天就回来,其实他是一去就不回来的。最后一句说的是最后的胜利是我们的……其余的他说,他与陕西共存亡,他决不逃难。

何南生的一家,在五点二十分钟的时候,算是全来到了车站:太太,孩子——一个男孩、一个女孩,一个柳条箱,一个猪皮箱,一只网篮,三个行李包。为什么行李包这样多呢?因为他把雨伞、字纸篓、旧报纸都用一条破被子裹着,算作一件行李;又把抗战救国团所发的棉制服,还有一双破棉鞋,又用一条被子包着,这又是一个行李;那第三个行李,一条被子,那里边包的东西可非常多:电灯炮、粉笔箱、羊毛刷子、扫床的扫帚、破揩布两三块、洋蜡头一大堆、算盘子一个、细铁丝两丈多,还有一团白线,还有肥皂盒盖一个,剩下又都是旧报纸。

只旧报纸他就带了五十多斤。他说:"到哪里还不得烧饭呢?还不得吃呢?而点火还有比报纸再好的吗?这逃难的时候,能俭省就俭省,肚子不饿就行了。"

除掉这三个行李,网篮也最丰富:白铁锅、黑瓦罐、空饼干盒子、挂西装的弓形的木架、洗衣裳时挂衣裳的绳子,还有一个掉了半个边的陕西土产的痰盂,还有一张小油布,是他那个两岁的女孩夜里铺在床上怕尿了褥子用的,还有两个破盆子,一个洗脸的一个洗脚的。还有油乌的筷子笼一个,切菜刀一把,筷子一大堆,吃饭的饭碗三十多个,切菜墩和饭碗是一个朋友走时留给他的。他说,逃难的时候,东西只有越逃越少,是不会越逃越多的。若可能就多带些个,没有错,丢了这个还有那个,就是扔也能够多扔几天呀!还有好几条破裤子都在网篮的底上,这个他也有准备。

他太太在装网篮的时候问他:"这破裤子要它做什么呢?"

他说:"你看你,万事没有打算,若有到难民所去的那一天,这个不都是好的吗?"

所以何南生这一家人,在他领导之下,五点二十分钟才全体到了车站,差一点没有赶上火车——火车六点开。

何南生一边流着汗珠,一边觉得这回可万事齐全了。他的心上有八分乐,他再也想不起什么要拿而没有拿的。因为他已经跑回去三次,第一次取了一个花瓶,第二次又在灯头上拧下一个灯伞来,第三次他又取了忘记在灶台上的半盒刀牌烟。

火车站离他家很近,他回头看看那前些日子还是白的,为着怕飞机昨天才染成灰色的小房。他点起一支烟来,在站台上来回地喷着,反正就等火车来,就等这一下了。

"到那时候可怎么办哪!"照理他正该说这一句话的时候。站台上不知堆了多少箱子、包裹,还有那么一大批流着血的伤兵,还有那么一大堆吵叫着的难民。这都是要上六点钟开往西安的火车。但何南生的习惯不是这样,凡事一开头,他最害怕。总之一开头他就绝望,等到事情真来了,或是越来越近了,或是就在眼前,一到这时候,你看他就安闲得多。

火车就要来了,站台上的大钟已经五点四十一分。

他又把他所有的东西看了一遍,一共是大小六件,外加热水瓶一个。

"实在没有什么东西忘记了吧!你再好好想想!"他问他的太太说。

他的女孩跌了一跤,正在哭着,他太太就用手给那孩子抹鼻涕:"哟!我的小手帕忘下了呀!今天早晨洗的,就挂在绳子上。我想着想着,说可别忘了,可是到底忘了。我觉得还有点什么东西,有点什么东西,可就想不起来。"

何南生早就离开太太往回跑了。

"怎么能够丢呢?你知道现在的手帕多少钱一条?"他就用那手帕揩着脸上的汗。"这逃难的时候,我没说过吗!东西少了可得节约,添不起。"

他刚喘上一口气来,他用手一摸口袋,早晨那双没有舍得穿的新袜子又没有了。

"这是丢在什么地方啦?他妈的……火车就要到啦……三四毛钱,又算白扔啦!"

火车误了点,六点五分还没到,他就趁这机会又跑回去一趟。袜子果然找到了,托在他的掌心上,他正在研究着袜子上的花纹纹。他听他的太太说"你的眼镜呀……"

可不是,他一摸眼镜又没有了。本来他也不近视,也许为了好看,他戴眼镜。

他正想回去找眼镜,这时候,火车到了。

他提起箱子来,向车门奔去。他挤了半天没有挤进去。他看别人都比他来得快,也许别人的东西轻些。自己不是最先奔到车门口的吗?怎么不上去,却让别人上去了呢?大概过了十分钟,他的箱子和他仍旧站在车厢外边。

"中国人真他妈的……真是天生的中国人。"他的帽子被挤下去时,他这样骂着。

火车开出去好远了,何南生的全家仍旧完完全全地留在站台上。

"他妈的,中国人要逃不要命,还抗战呢!不如说逃战吧!"他说完了"逃战",还四边看一看,这车站上是否有自己的学生或熟人。他一看没有,于是又抖着他那被撕裂的长衫:"这还行,这还没有见个敌人的影,就吓没魂啦!要挤死啦!好像屁股后边有大炮轰着。"

八点钟的那次开往西安的列车进站了,何南生又率领着他的全家向车厢冲去。女人叫着,孩子哭着,箱子和网篮又挤得吱咯地乱响。何南生恍恍惚惚地觉得自己是跌倒了,等他站起来,他的鼻子早就流了不少的血,血染着长衫的前胸。他太太报告说,他们只有一只猪皮箱子在人们的头顶上被挤进了车厢去。

"那里装的都是什么东西?"他着急,所以连那猪皮箱子装的什么东西都弄不清了。

"你还不知道吗?不都是你的衣裳?你的西装……"

他一听这个还了得!他就向着他太太所指的那个车厢寻去。火车就开了,起初开得很慢,他还跟着跑,他还招呼着,而后只得安然地退下来。

他的全家仍旧留在站台上,和别的那些没有上得车的人们留在一起。只是他的猪皮箱子自己跑上火车去走了。

"走不了,走不了,谁让你带这些破东西呢?我看……"太太说。

"不带,不带,什么也不带……到那时候可怎么办哪!"

"让你带吧!我看你现在还带什么!"

猪皮箱不跟着主人而自己跑了。饱满的网篮在枕木旁边裂着肚子,小白铁锅瘪得非常可怜。若不是它的主人,就不能认识它了。而那个黑瓦罐竟碎成一片一片的。三个行李只剩下一个完整的,他们的两个孩子正坐在那上面休息。其余的一个行李不见了,另一个被撕裂了。那些旧报纸在站台上飞,柳条箱也不见了,记不清是别人给拿去了,还是他们自己抬上车去了。

等到第三次开往西安的火车,何南生的全家总算全上去了。到了西安一下火车,先到他们的朋友家。

"你们来了呵！都很好！车上没有挤着？"

"没有，没有，就是丢点东西……还好，还好，人总算平安。"何南生的下眼睑之下的那两块不会运动的筋肉，仍旧没有运动。

"到那时候……"他又想要说到那时候可怎么办。没有说，他想算了吧！抗战胜利之前，什么能是自己的呢？抗战胜利之后什么不都有了吗？

何南生平静地把那一路上抱来的热水瓶放在了桌子上。

（署名萧红，原载于1939年1月21日重庆《文摘》战时旬刊第41、42期合刊）

黄河

悲壮的黄土层茫茫地顺着黄河的北岸延展下去，河水在辽远的转弯的地方完全是银白色，而在近处，它们则扭绞着旋卷着和鱼鳞一样。帆船，那么奇怪的帆船！简直和蝴蝶的翅子一样；在边沿上，一条白的，一条蓝的，再一条灰色的，而后也许全帆是白的，也许全帆是灰色的或蓝色的。这些帆船一只排着一只，它们的行走特别迟缓，看上去就像停止了一样。除非天空的太阳，就再没有比这些镶着花边的帆更明朗的了，更能够炫惑人的感官的了。

载客的船也从这边继续出发，大的，小的；还有载着货物的，载着马匹的，还有些响着铃子的，呼叫着的，乱翻着绳索的。等两只船在河心相遇的时候，水手们用着过高的喉咙，他们说些个普通话：太阳大不大，风紧不紧，或者说水流急不急，但也有时用过高的声音彼此约定下谁先行，谁后行。总之，他们都是用着最响亮的声音，这不是为了必要，是对于黄河他们在实行着一种约束。或者对于河水起着不能控制的心情，而过高地提拔着自己。

在潼关下边，在黄土层上垒荡着的城围下边，孩子们和妇人用着和狗尾巴差不多的小得可怜的笤帚，在扫着军队的运输队撒留下来稀零的、被人纷争着的、滚在平平的河滩上的几粒豆粒或麦粿。河的对面，就像孩子们的玩具似的，在层层叠叠生着绒毛似的黄土层上爬着一串微黑色的小火车。小火车，平和地，又急喘地吐着白汽，仿佛一队受了伤的小母猪样的在摇摇摆摆地走着。车上同猪印子一样打上两个淡褐色的字印：同蒲。

黄河的唯一的特征，就是它是黄土的流，而不是水的流。照在河面上的阳光，反射得也不强烈。船是四方形的，如同在泥土上滑行，所以运行迟滞是有理由的。

早晨，太阳也许带着风沙，也许带着晴朗来到潼关的上空，它抚摸遍了那广大的土层，它在那终年昏迷着的静止在风沙里边的土层上，用晴朗给摊上一种透明和纱一样的光彩，又好像月光在八月里照在森林上一样，起着远古的、悠久的、永不能够磨灭的悲哀的雾障。在夹对的黄土床中流走的河水相同，它是偷渡着敌军的关口，所以昼夜匆忙，不停地和泥沙争斗着。年年月月，日日夜夜，时时刻刻，到后来它自己本身就绞进泥沙去了。河里只见了泥沙，所以常常被诅咒成泥河呀！野蛮的河，可怕的河，簸卷着而来的河，它会卷走一切生命的河，这河本身就是一个不幸。

现在是上午，太阳还与人的视线取着平视的角度，河面上是没有雾的，只有劳动和争渡。

正月完了，发酥的冰排流下来，互相击撞着，也像船似的，一片一片的。可是船上又似堆着雪,是堆起来的面袋子,白色的洋面,从这边河岸运转到那边河岸上去。

阎胡子的船,正上满了肥顶的袋子,预备开船了。

可是他又犯了他的老毛病,提着砂做的酒壶去打酒去了。他不放心别的撑篙的给他打酒,因为他们常常在半路把持不住,空嘴白舌,就仰起脖儿呷了一口,或者把钱吞下一点儿去喝碗羊汤,不足的分量,用水来补足。阎胡子只消用舌头板一压,就会发现这些年轻人的花头来的,所以回回是他自己去打酒。

水手们备好了纤绳,备好了篙子,便盘起膝盖坐下来等。

凡是水手,没有不愿意靠岸的,不管是海航或是河航。但是,凡是水手,也就没有一个愿意等人的。

因为是阎胡子的船,非等不可。

"尿臊桶,喝尿臊,一等等到罗锅腰!"一个小伙子直挺挺地靠在桅杆上立着,说完了话,便光着脊背向下溜,直到坐在船板上,咧开大嘴在笑着。

忽然,一个人,满头大汗的,背着个小包,也没打招呼,踏上了五寸宽那条小踏板,跳上船来了。

"下去,下去!上水船,不让客!"

"老乡……"

"下去,下去,上水船,不让客!"

"让一让吧,我帮着你们打船。"

"这可不是打野鸭子呀,下去!"水手看看上来的是一个灰色的兵。

"老乡……"

"是,老乡,上水船,吃力气,这黄河又不同别的河……撑篙一下去就是一身汗。"

"老乡们!我不是白坐船,当兵的还怕出力气吗!我是过河去赶队伍的。天太早,摆渡的船哪里有呢!老乡,我早早过河赶路的……"他说着,就在洋面袋子上靠着身子,那近乎圆形的脸还有一点发光,那过于长的头发,在帽子下面像是帽子被镶了一道黑边。

"八路军怎么单人出发的呢?"

"我是因为老婆死啦,误了几天……所以着急要快赶的!"

"哈哈!老婆死啦还上前线。"于是许多笑声跳跃在绳索和撑篙之间。

水手们因为趣味的关系,互相地高声地骂着。同时准备着张帆,准备着脱离开河岸,把这兵士似乎是忘记了,也似乎允许了他的过渡。

"这老头子打酒在酒店里睡了一觉啦……你看他那个才睡醒的样子……腿好像是给石头绊住啦……"

"不对。你说的不对,石头就挂在他的脚跟上。"

那老头子的小酒壶像一块镜子,或是一片蛤蜊壳,闪烁在他的胸前。微微有点温暖的阳光,和黄河上常有缭乱而没有方向的风丝,在他的周围裹荡。于是他混着沙上的头发,跳荡得和干草似的失去了光彩。

"往上放罢!"

这是黄河上专有的名词,若想横渡,必得先上行,而后下行。因为河水没有正路的缘故。

阎胡子的脚板一踏上船身,那种安适、把握,丝毫其他的欲望可使他不宁静的可能都不能够捉住他的。他只发了和号令似的这么一句话,而后笑纹就自由地在他皱纹不大多的眼角边流展开来,而后他走下舵室去。那是一个黑黑的小屋,在船尾的舱里,里面像供着什么神位,一个小龛子前有两条红色的小对联。

"往上放罢!"

这声音,因为河上的冰排格棱棱地作响的反应,显得特别粗壮和苍老。

"这船上有坐闲船的,老阎,你没看见?"

"那得让他下去,多出一分力量可不是闹着玩的……在哪地方?他在哪地方?"

那灰色的兵士,他向着阳光微笑:

"在这里,在这里……"他手中拿着撑船的长篙站在船头上。

"去,去去……"阎胡子从舱里伸出一只手来,"去去去……快下去……快下去……你是官兵,是保卫国家的,可是这河上也不是没有兵船。"

阎胡子是山东人,十多年以前,因为黄河涨大水逃到关东,又逃到山西的。所以山东人的火性和粗鲁,还在他身上常常出现。

"你是哪个军队上的?"

"我是八路的。"

"八路的兵,是单个出发的吗?"

"我的老婆生病,她死啦……我是过河去赶队伍的。"

"唔!"阎胡子的小酒壶还捏在左手上。

"那么你是山西的游击队啦……是不是?"阎胡子把酒壶放下了。

在那士兵安然地回答着的时候,那船板上完全流动着笑声,并且分不清楚那笑声是恶意的还是善意的。

"老婆死啦还打仗!这年头……"

阎胡子走上船板来:"你们,你们这些东西!七嘴八舌,赶快开船吧!"

他亲手把一只面粉口袋抬起来,他说那放的不是地方:"你们可不知道,这面粉本来三十斤,因为放的不是地方,它会让你费上六十斤的力量。"他把手遮在额前,向着东方照了一下,"天不早啦,该开船啦。"

于是撑起花色的帆来。那帆像翡翠鸟的翅子,像蓝蝴蝶的翅子。

水流和绳子似的在撑篙之间扭绞着。在船板上来回跑着的水手们,把汗珠被风扫成碎沫而掠着河面。

阎胡子的船和别的运着军粮的船遥远地相距着,尾巴似的这只孤船,系在那排成队的十几只船的最后。

黄河的上层是那么原始的、单纯的、干枯的,完全缺乏光彩站在两岸。正和阎胡子那没有光彩的胡子一样,上层是被河水、风沙和年代所造成的,而阎胡子那没有光彩的胡子,则是受这风沙的迷漫的缘故。

"你是八路的……可是你的部队在山西的哪一方面?俺家就在山西。"

"老乡,听你说话是山东口音。过来多少年啦?"

"没多少年，十几年……俺家那边就是游击队保卫着……都是八路的，都是八路的……"阎胡子把棕色的酒杯在嘴唇上湿润了一下，嘴唇不断地发着光。他的喝酒，像是并没有走进喉咙去，完全和一种形式一样，但是他不断地浸染着他的嘴唇。那嘴唇在说话的时候，好像两块小锡片在跳动着：

"都是八路的……俺家那方面都是八路的……"

他的胡子和春天快要脱落的牛毛似的疏散和松放。他的红的近乎赭色的脸像是用泥土塑成的，又像是在窑里边被烧炼过，显着结实、坚硬。阎胡子像是已经变成了陶器。

"八路上的……"他招呼着那兵士，"你放下那撑篙吧，我看你不会撑，白费力气……这边来坐坐，喝一碗茶……"方才他说过的那些去去去……现在变成来来来了："你来吧，这河的水性特别，与众不同……你是白费气力，多你一个人坐船不算么！"

船行到了河心，冰排从上边流下来的声音好像古琴在骚闹着似的。阎胡子坐在舱里佛龛旁边，舵柄虽然拿在他的手中，而他留意的并不是这河上的买卖，而是"家"的回念。直到水手们提醒他船已走上了急流，他才把他关于家的谈话放下。但是没多久，又零零乱乱地继续下去……

"赵城，赵城俺住了八年啦！你说那地方要紧不要紧？去年冬天太原下来之后，说是临汾也不行了……赵城也更不行啦……说是非到风陵渡不可……这时候……就有赵城的老乡去当兵的……还有一个邻居姓王的。那小伙子跟着八路军游击队去当伙夫去啦……八路军不就是你们这一路的吗？……那小伙子我还见着他来的呢！胳臂上挂着'八路'两个字。后来又听说他也跟着出发到别的地方去了呢！……可是你说……赵城要紧不要紧？俺倒没有别的牵挂，就是俺那孩子太小，带他到河上来吧，他又太小，不能做什么……跟他娘在家里吧……又怕日本兵来到杀了他。这过河逃难的整天有，俺这船就是载面粉过来，再载难民回去……看看那哭哭啼啼的老的、小的……真是除了去当兵，干什么都没心思！"

"老乡！在赵城你算是安家立业的人啦，那么也一定有二亩地啦？"兵士面前的杯子在冒热气。

"哪能说到房子和地，跑了这些年还是穷跑腿……所好的是没有把老婆和孩子跑去。"

"那么山东还有双亲吗？"

"哪里有啦？都给黄河水卷去啦！"阎胡子擦了一下自己的胡子，把他旁边的酒杯放在酒壶口上，他对着舱口说：

"你见过黄河的大水吗？那是民国几年……那就铺天盖地地来了！白亮亮的，哗哗的……和野牛那么叫着……山东的黄河可不比这潼关……几百里，几十里一漫平。黄河一到潼关就没气力啦……看这山……这大土崖子……就是妄想铺天盖地又怎能……可是山东就不行啦！……你家是哪里？你到过山东？"

"我没到过，我家就是山西……洪洞……"

"家里还有什么人？咱两家是不远的……喝茶，喝茶……呵……呵……"老头子为着高兴大声地向河水吐了一口痰。

"我这回要赶的部队就在赵城……洪洞的家业也搬过河来了……"

"你去的就是赵城,好!那么……"他从舵柄探出船外的那个孔道出去……河简直就是黄色的泥浆,滚着,翻着……绞绕着……舵就在这浊流上打击着。

"好!那么……"他站起来摇着舵柄,船就快靠岸了。

这一次渡河,阎胡子觉得渡得太快。他擦一擦眼睛,看一看对面的土层,是否来到了河岸。

"好,那么。"他想让那兵士给他的家带一个信回去,但又觉得没有什么可说的。

他们走下船来,沿着河身旁的沙地,向着太阳的方向进发,无数多的光的反刺,击撞着阎胡子古铜色的脸面。他的宽大的近乎方形的脚掌,把沙滩印上一些圆圆洼陷。

"你说赵城可不要紧?我本想让你带一个回信去……等到饭馆喝两盅,咱二人谈说谈说……"

风陵渡车站附近,层层转转的是一些板棚或席棚,里边冒着气,响着勺子,还有一种油香夹杂着一种咸味在那地方缭绕着。一盘炒豆腐,一壶四两酒,蹲在阎胡子的桌面上。

"你要吃什么,你只管吃……俺在这河上多少总比你们当兵的多赚两个……你只管吃……来一碗片汤,再加半斤锅饼……先吃着,不够再来……"

风沙的卷荡在太阳高了起来的时候,是要加甚的。席棚子像有笤帚在扫着似的,嚓嚓地在凸出凹进地响着。

阎胡子的话,和一串珠子似的咯啦咯啦地被玩弄着,大风只在席棚子间旋转,并没有把阎胡子的故事给穿着。

"……黄河的大水一来到俺山东那地方,就像几十万大军已经到了……连小孩子夜晚吵着不睡的时候，你若说'来大水啦！'他就安静一刻。用大水吓唬孩子，就像用老虎一样使他们害怕。在一个黑沉沉的夜里，大水可真的来啦！爹和娘站在房顶上，爹说'……怕不要紧，我活四十多岁，大水也来过几次，并没有卷去什么'……第一声我听着叫的是猪，许是那猪快到要命的时候啦，哽哽的……以后就是狗，狗跳到柴堆上……在那上头叫着……再以后就是鸡……它们那些东西乱飞着……柴堆上，墙头上，狗栏子上……反正看不见，都听得见的……别人家的也是一样，还有孩子哭，大人骂。只有鸭子，那一夜到天明也没有休息一会，比平常不涨大水的时候还高兴……鸭子不怕大水，狗也不怕，可是狗到第二天就瘦啦……也不愿睁眼睛啦……鸭子可不一样，胖啦！新鲜啦！……呱呱的叫声更大了！可是爹爹那天晚上就死啦，娘也许是第二天死的……"

阎胡子从席棚通过了那在锅底上乱响着的炒菜的勺子而看到黄河上去。

"这边，这河并不凶。"他喝了一盅酒，筷子在辣椒酱的小碟里点了一下，他脸上的筋肉好像棕色的浮雕，经过了陶器的创作那么坚硬，那么没有变动。

"小孩子的时候，就听人家说，离开这河远一点吧！去跑关东（即东三省）吧！一直到第二次的大水……那时候，我已经二十六岁……也成了家……听人说，关东是块富地，俺山东人跑关东的年年有，俺就带着老婆跑到关东去……关东俺有三间房，两三亩地……关东又变成了'满洲国'。赵城俺本有一个叔叔，打一封信给俺，他说那边，日本人慢慢地都想法子把中国人治死,还说先治死这些穷人。依着我就不怕,可是俺老婆说俺们还有孩子啦,因此就跑到俺叔叔这里来,俺叔叔做个小买卖,俺就在叔叔家帮着照料照料……慢慢地活转几个钱,租两亩地种种……俺还有个儿,俺儿一年一年的,眼看着长成人啦!这几个钱没有活转着,俺叔要回山东,把小买卖也收拾啦,剩下俺一个人,这心里头可就转了圈子……山西原来和山东一样,人们也只有跑关东……要想在此地谋个生活,就好比苍蝇落在针尖上,俺山东人体性粗,这山西人体性慢……干啥事干不惯……"

"俺想,赵城可还离火线两三百里,许是不要紧……"他问着兵士,"咱中国的局面怎么样?听说日本人要夺风陵渡……俺在山西没有别的东西,就是这一只破船……"

兵士站起来,挂上他的洋瓷碗,油亮的发着光的嘴唇点燃着一支香烟,那有点胖的手骨节凹着小坑的手,又在整理着他的背包。黑色的裤子,灰色的上衣衣襟上涂着油迹和灰尘。但他脸上的表情是开展的,愉快的,平坦和希望的,他讲话的声音并不高朗,温和而宽弛,就像他在草原上生长起来的一样:

"我要赶路的,老乡!要给你家带个信吗?"

"带个信……"阎胡子感到一阵忙乱,这忙乱是从他的心底出发的。带什么呢?这河上没有什么可告诉的。"带一个口信说……"好像这饭铺炒菜的勺子又搅乱了他,"你坐下等一等,俺想一想……"

他的头垂在他的一只手上,好像已经成熟了的转茎莲垂下头来一样,席棚子被风吸着,凹进凸出的好像一大张海蜇漂在海面上。勺子声,菜刀声,被洗着的碗的声音,前前后后响着的鞭子声。小驴车、马车和骡子车,拖拖搭搭地载着军火或食粮来往着。车轮带起来的飞沙并不狂猖,而那狂猖,是跟着黄河而来的,在空中它漫卷着太阳和蓝天,在地面它则漫卷着沙尘和黄土,漫卷着所有黄河地带生长着的一切,以及死亡的一切。

潼关,背着太阳的方向站着,因为土层起伏高下,看起来,那是微黑的一大群,像是烟雾停止了,又像黑云下降,又像一大群兽类堆集着蹲伏下来。那些巨兽,并没有毛皮,并没有面貌,只像是读了埃及大沙漠的故事之后,偶尔出现在夏夜的梦中的一个可怕的记忆。

风陵渡侧面向着太阳站着,所以土层的颜色有些微黄,及有些发灰,总之有一种相同在病中那种苍白的感觉,看上去,干涩,无光,无论如何不能把它制伏的那种念头,会立刻压住了你。

站在长城上会使人感到一种恐惧,那恐惧是人类历史的血流又鼓荡起来了!而站在黄河边上所起的并不是恐惧,而是对人类的一种默泣,对于病痛和荒凉永远的诅咒。

同蒲路的火车,好像几匹还没有睡醒的小蛇似的慢慢地来了一串,又慢慢地去了一串。那兵士站起来向阎胡子说:

"我就要赶火车去……你慢慢地喝吧……再会啦……"

阎胡子把酒杯又倒满了,他看着杯子底上有些泥土,他想,这应该倒掉而不应该喝下去。但当他说完了给他带一个家信,就说他在这河上还好的时候,他忘记了那杯酒是不想喝的也就走下喉咙去了。同时他赶快撕了一块锅饼放在嘴里,喉咙像是有什么东西在胀塞着,有些发痛。于是,他就抚弄着那块锅饼上突起的花纹,那花纹是画的"八卦"。他还识出了哪是"乾卦",哪是"坤卦"。

奔向同蒲站的兵士,听到背后有呼唤他的声音:

"站住……站住……"

他回头看时,那老头好像一头小熊似的奔在沙滩上:

"我问你,是不是中国这回打胜仗,老百姓就得日子过啦?"

八路的兵士走回来,好像是沉思了一会,而后拍着那老头的肩膀:

"是的,我们这回必胜……老百姓一定有好日子过的。"

那兵士都模糊得像画面上的粗壮的小人一样了,可是阎胡子仍旧在沙滩上站着。

阎胡子的两脚深深地陷进沙滩去,那圆圆的涡旋埋没了他的两脚了。

(署名萧红,原载于1939年2月1日《文艺阵地》第2卷第8期)

后花园

后花园五月里就开花的，六月里就结果子，黄瓜、茄子、玉蜀黍、大芸豆、冬瓜、西瓜、西红柿，还有爬着蔓子的倭瓜。这倭瓜蔓往往会爬到墙头上去，而后从墙头它出去了，出到院子外边去了。就向着大街，这倭瓜蔓上开了一朵大黄花。

正临着这热闹闹的后花园，有一座冷清清的黑洞洞的磨房，磨房的后窗子就向着花园。刚巧沿着窗外的一排种的是黄瓜。这黄瓜虽然不是倭瓜，但同样会爬蔓子的，于是就在磨房的窗棂上开了花，而且巧妙地结了果子。

在朝露里，那样嫩弱的须蔓的梢头，好像淡绿色的玻璃抽成的，不敢去触，一触非断不可的样子。同时一边结着果，一边攀着窗棂往高处伸张，好像它们彼此学着样，一个跟一个都爬上窗子来了。到六月，窗子就被封满了，而且就在窗棂上挂着滴滴嘟嘟的大黄瓜、小黄瓜，瘦黄瓜、胖黄瓜，还有最小的小黄瓜妞儿，头顶上还正在顶着一朵黄花还没有落呢。

于是随着磨房里打着铜筛罗的震抖，而这些黄瓜也就在窗子上摇摆起来了。铜锣在磨夫脚下，东踏一下它就"咚"，西踏一下它就"咚";这些黄瓜也就在窗子上滴滴嘟嘟地跟着东边"咚",西边"咚"。

六月里,后花园更热闹起来了,蝴蝶飞,蜻蜓飞,螳螂跳,蚂蚱跳。大红的外国柿子都红了,茄子青的青、紫的紫,溜明锃亮,又肥又胖,每一棵茄秧上结着三四个、四五个。玉蜀黍的缨子刚刚才出穗,就各色不同,好比女人绣花的丝线夹子打开了,红的绿的,深的浅的,干净得过分,简直不知道它为什么那样干净,不知怎样它才那样干净的,不知怎样才做到那样的,或者说它是刚刚用水洗过,或者说它是用膏油涂过。但是又都不像,那简直是干净得连手都没有上过。

然而这样漂亮的缨子并不发出什么香气,所以蜂子、蝴蝶永久不在它上边搔一搔,或是吮一吮。

却是那些蝴蝶乱纷纷地在那些正开着的花上闹着。

后花园沿着主人住房的一方面,种着一大片花草,因为这园主并非怎样精细的人,而是一位厚敦敦的老头,所以他的花园多半变成菜园了。其做种花的部分,也没有什么好花,比如马蛇菜、爬山虎、胭粉豆、小龙豆……这都是些草本植物,没有什么高贵的。

到冬天就都埋在大雪里边,它们都死去了。春天打扫干净了这个地盘,再重种起来。有的甚或不用下种,它就自己出来了,好比大蒌茨,那就是每年也不用种,它就自己出来的。它自己的种子,今年落在地上没有人去拾它,明年它就出来了;明年落了籽,又没有人去采它,它就又自己出来了。

这样年年代代,这花园无处不长着花。墙根上,花架边,人行道的两旁，有的竟长在倭瓜或黄瓜一块去了。那讨厌的倭瓜的丝蔓竟缠绕在它的身上，缠得多了，把它拉倒了。

可是它就倒在地上仍旧开着花。

铲地的人一遇到它，总是把它拔了，可是越拔它越生得快，那第一班开过的花子落下，落在地上，不久它就生出新的来。所以铲也铲不尽，拔也拔不尽，简直成了一种讨厌的东西了。还有那些被倭瓜缠住了的，若想拔它，把倭瓜也拔掉了，所以只得让它横躺竖卧地在地上，也不能不开花。

长得非常之高，五六尺高，和玉蜀黍差不多一般高，比人还高了一点，红辣辣地开满了一片。

人们并不把它当作花看待，要折就折，要断就断，要连根拔也都随便。到这园子里来玩的孩子随便折了一堆去；女人折了插满了一头。

这花园从园主一直到来游园的人，没有一个人是爱护这花的。这些花从来不浇水，任着风吹，任着太阳晒，可是却越开越红，越开越旺盛，把园子炫耀得闪眼，把六月夸奖得和水滚着那么热。

胭粉豆、金荷叶、马蛇菜都开得像火一般。

其中尤其是马蛇菜，红得鲜明晃眼，红得它自己随时要破裂流下红色汁液来。

从磨房看这园子，这园子更不知鲜明了多少倍，简直是金属的了，简直像在火里边烧着那么热烈。

可是磨房里的磨倌是寂寞的。

终天没有朋友来访他，他也不去访别人，他记忆中的那些生活也模糊下去了，新的一样也没有。他三十多岁了，尚未结过婚，可是他的头发白了许多，牙齿脱落了好几个，看起来像是个青年的老头。阴天下雨，他不晓得；春夏秋冬，在他都是一样。和他同院的住些什么人，他不去留心；他的邻居和他住得很久了，他没有记得；住的是什么人，他没有记得。

他什么都忘了，他什么都记不得，因为他觉得没有一件事情是新鲜了，人间在他是全呆板的了。他只知道他自己是个磨倌，磨倌就是拉磨，拉磨之外的事情都与他毫无关系。

所以邻家的女儿，他好像没有见过；见过是见过的，因为他没有印象，就像没有见过差不多。

磨房里，一匹小驴子围着一盘青白的圆石转着。磨道下面，被驴子经年的踢踏，已经陷下去一圈小洼槽。小驴的眼睛是戴了眼罩的，所以它什么也看不见，只是绕着圈瞎走。嘴上也给戴上了笼头，怕它偷吃磨盘上的麦子。

小驴知道，一上了磨道就该开始转了，所以走起来一声不响，两个耳朵尖尖地竖得笔直。

磨倌坐在罗架上，身子有点向前探着。他的面前竖了一个木架，架上横着一个用木做成的乐器，那乐器的名字叫"梆子"。

每一个磨倌都用一个，也就是每一个磨房都有一个。旧的磨倌走了，新的磨倌来了，仍然打着原来的梆子。梆子渐渐变成个元宝的形状，两端高而中间陷下，所发出来的音响也就不好听了，不响亮，不脆快，而是"踏踏"的沉闷的调子。

冯二成子的梆子正是已经旧了的。他自己说：

"这梆子有什么用？打在这梆子上就像打在老牛身上一样。"

他尽管如此说，梆子他仍旧是打了。

磨眼上的麦子没有了，他去添一添。从磨漏下来的麦粉满了一磨盘，他过去扫了扫，小驴的眼罩松了，他替它紧一紧。若是麦粉磨得太多了，应该上风车子了，他就把风车添满，摇着风车的大手轮，吹了起来，把麦皮都从风车的后部吹了出去。那风车是很大的，好像大象那么大。尤其是当那手轮摇起来的时候，呼呼地作响，麦皮混着冷风从洞口喷出来。这风车摇起来是很好看的，同时很好听。可是风车并不常吹，一天或两天才吹一次。

除了这一点点工作，冯二成子多半是站在罗架上，身子向前探着，他的左脚踏一下，右脚踏一下，罗底盖着罗床，那力量是很大的，连地皮都抖动了，和盖新房子时打地基的工夫差不多的，又沉重，又闷气，使人听了要睡觉的样子。

所有磨房里的设备都说过了，只不过还有一件东西没有说，那就是冯二成子的小炕了。那小炕没有什么好记载的。总之这磨房是简单、寂静、呆板。看那小驴竖着两个尖尖的耳朵，好像也不吃草也不喝水，只晓得拉磨的样子。冯二成子一看就看到小驴那两个直竖竖的耳朵，再看就看到墙下跑出的耗子，那滴溜溜亮的眼睛好像两盏小油灯似的。再看也看不见别的，仍旧是小驴的耳朵。

所以他不能不打梆子，从午间打起，一打打个通宵。

花儿和鸟儿睡着了，太阳回去了，大地变得清凉了好些。从后花园透进来的热气，凉爽爽的，风也不吹了，树也不摇了。窗外虫子的鸣叫，远处狗的夜吠，和冯二成子的梆子混在一起，好像三种乐器似的。

　　磨房的小油灯忽闪闪地燃着（那油灯是在墙壁中间的，好像古墓里边站的长明灯似的），像有风吹着它似的。这磨房只有一扇窗子，还被挂满了黄瓜，把窗子遮得风雨不透。可是从哪里来的风？小驴也在响着鼻子抖擞着毛,好像小驴也着了寒了。

　　每天是如此：东方快启明的时候，朝露就先下来了，伴随着朝露而来的，是一种阴森森的冷气,这冷气冒着白烟似的沉重重地压到地面上来了。

　　落到屋瓦上，屋瓦从浅灰变到深灰色，落到茅屋上，那本来是浅黄的草，就变成黄的了。因为露珠把它们打湿了，它们吸收了露珠的缘故。

　　唯有落到花上、草上、叶子上，那露珠是原形不变，并且由小聚大。大叶子上聚着大露珠，小叶子上聚着小露珠。

　　玉蜀黍的缨穗挂上了霜似的，毛绒绒的。

　　倭瓜花的中心抱着一颗大水晶球。

　　剑形草是又细又长的一种野草,这野草顶不住太大的露珠,所以它的周身都是一点点的小粒。

　　等到太阳一出来时,那亮晶晶的后花园无异于昨天洒了水了。

　　冯二成子看一看墙上的灯碗，在灯芯上结了一个红橙橙的大灯花。他又伸手去摸一摸那生长在窗棂上的黄瓜，黄瓜跟水洗的一样。

　　他知道天快亮了，露水已经下来了。

　　这时候，正是人们睡得正熟的时候，而冯二成子就像更焕发了起来。他的梆子就更响了，他拼命地打，他用了全身力量，

小说Ⅳ　｜　183

使那梆子响得爆豆似的。不但如此,那磨房唱了起来了,他大声急呼的。好像他是照着民间所流传的,他是招了鬼了。他有意要把远近的人家都惊动起来,他竟乱打起来,他不把梆子打断了,不甘心停止似的。

有一天下雨了。

雨下得很大,青蛙跳进磨房来好几个。有些蛾子就不断地往小油灯上扑,扑了几下之后,被烧坏了翅膀就掉在油碗里溺死了,而且不久蛾子就把油灯碗给掉满了,所以油灯渐渐地不亮下去,几乎连小驴的耳朵都看不清楚。

冯二成子想要添些灯油,但是灯油在上房里,在主人的屋里。

他推开门一看,雨真是大得不得了,瓢泼的一样,而且上房里也怕是睡下了,灯光不很大,只是影影绰绰的。也许是因为下雨上了风窗的关系,才那样黑混混的。

"十步八步跑过去,拿了灯油就跑回来。"冯二成子想。

但雨也是太大了,衣裳非都湿了不可;湿了衣裳不要紧,湿了鞋子可得什么时候干。

他推开房门看了好几次,也都是把房门关上,没有跑过去。

可是墙上的灯又一闪一闪地要灭了,小驴的耳朵简直看不见了。他又打开门向上房看看,上房灭了灯了,院子里什么也看不见,只有隔壁赵老太太那屋还亮通通的,窗里还有咯咯的笑声。

那笑的是赵老太太的女儿。冯二成子不知为什么心里好不平静,他赶快关了门,赶快去拨灯碗,赶快走到磨架上,开始很慌张地打动着筛罗。可是无论如何那窗里的笑声好像还在那儿笑。

冯二成子打起梆子来，打了不几下，很自然地就会停住，又好像很愿意再听到那笑声似的。

"这可奇怪了，怎么像第一天那边住着人。"他自己想。

第二天早晨，雨过天晴了。

冯二成子在院子里晒他的那双湿得透透的鞋子时，偶一抬头看见了赵老太太的女儿，跟他站了个对面。冯二成子从来没和女人接近过，他赶快低下头去。

那邻家女儿是从井边来，提了满满的一桶水，走得非常慢。等她完全走过去了，冯二成子才抬起头来。

她那向日葵花似的大眼睛，似笑非笑的样子，冯二成子一想起来就无缘无故地心跳。

有一天，冯二成子用一个大盆在院子里洗他自己的衣裳，洗着洗着，一下小心，大盆从木凳滑落而打碎了。

赵老太太也在窗下缝着针线，连忙就喊她的女儿，把自家的大盆搬出来，借给他用。

冯二成子接过那大盆时，他连看都没看赵姑娘一眼，连抬头都没敢抬头，但是赵姑娘的眼睛像向日葵花那么大，在想象之中他比看见来得清晰。于是他的手好像抖着似的把大盆接过来了。他又重新打了点水，没有打很多的水，只打了一大盆底。

恍恍惚惚的衣裳也没有洗干净，他就晒起来了。

从那之后，他也并不常见赵姑娘，但他觉得好像天天见面的一样。尤其是到深夜，他常常听到隔壁的笑声。有一天，他打了一夜梆子。天亮了，他的全身都酸了，他把小驴子解下来，拉到下过朝露的潮湿的院子里,看着那小驴打了几个滚,而后把小驴拴到槽子上去吃草。他也该是睡觉的时候了。

他刚躺下,就听到隔壁女孩的笑声,他赶快抓住被边把耳朵掩盖起来。

但那笑声仍旧在继续。

他翻了一个身,把背脊向着墙壁,可是仍旧不能睡。

他和那女孩相邻地住了两年多了,好像他听到她的笑还是最近的事情,他自己也奇怪起来。

那边虽是笑声停止了,但是又有别的声音了:刷锅、劈柴烧火的声音,件件样样都听得清清晰晰。而后,吃早饭的声音他都感觉到了。

这一天,他实在睡不着,他躺在那里心中十分悲哀,他把这两年来的生活都回想了一遍……

刚来的那年,母亲来看过他一次。从乡下给他带来一筐子黄米豆包。母亲临走的时候还流了眼泪说:"孩儿,你在外边好好给东家做事,东家错待不了你的……你老娘这两年身子不大硬实。一旦有个一口气上不来,只让你哥把老娘埋起来就算了事。人死如灯灭,你就是跑到家又能怎样!……可千万要听娘的话,人家拉磨,一天拉好多麦子,是一定的,耽误不得,可要记住老娘的话……"

那时,冯二成子已经三十六岁了,他仍很小似的,听了那话就哭了。他抬起头看看母亲,母亲确实瘦得厉害,而且也咳嗽得厉害。

"不要这样傻气,你老娘说是这样说,哪就真会离开了你们的。你和你哥哥都是三十多岁了,还没成家,你老娘还要看到你们……"

冯二成子想到"成家"两个字,脸红了一阵。

母亲回到乡下去,不久就死了。

他没有照着母亲的话做,他回去了,他和哥哥亲自送的葬。

是八月里辣椒红了的时候,送葬回来,沿路还摘了许多红辣椒,炒着吃了。

以后再想一想,就想不起什么来了。拉磨的小驴子仍旧是原来的小驴子。磨房也一点没有改变,风车也是和他刚来时一样,黑洞洞地站在那里,连个方向也没改换。筛罗子一踏起来它就"咚咚"响。他向筛罗子看了一眼,宛如他不踏它,它也在响的样子。

一切都习惯了,一切都照着老样子。他想来想去什么也没有变,什么也没有多,什么也没有少,这两年是怎样生活的呢?他自己也不知道,好像他没有活过的一样。他伸出自己的手来,看看也没有什么变化,捏一捏手指的骨节,骨节也是原来的样子,尖锐而突出。

他又回想到他更远的幼小的时候去,在沙滩上煎着小鱼,在河里脱光了衣裳洗澡;冬天堆了雪人,用绿豆给雪人做了眼睛,用红豆做了嘴唇;下雨的天气,妈妈打来了,就往水洼中跑……妈妈因此而打不着他。

再想又想不起什么来,这时候他昏昏沉沉地要睡了去。

刚要睡着,他又被惊醒了,好几次都是这样。也许是炕下的耗子,也许是院子里什么人说话。

但他每次睁开眼睛,都觉得是邻家女儿惊动了他。他在梦中羞怯怯地红了好几次脸。

从这以后,他早晨睡觉时,先站在地中心听一听,邻家是否有了声音。若是有了声音,他就到院子里拿着一把马刷子刷那小驴。

但是巧得很,那女孩子一清早就到院子来走动,一会出来拿一捆柴,一会出来泼一瓢水。总之,他与她从这以后,好像天天相见。

这一天八月十五,冯二成子穿了崭新的衣裳,刚刚理过头发回来,上房就嚷着:

"喝酒了,喝酒啦……"

因为过节是和东家同桌吃的饭,什么腊肉,什么松花蛋,样样皆有。其中下酒最好的要算凉拌粉皮,粉皮里外加着一束黄瓜丝,还有辣椒油撒在上面。

冯二成子喝足了酒,退出来了,连饭也没有吃,他打算到磨房去睡一觉。常年也不喝酒,喝了酒头有些昏。他从上房走出来,走到院子里碰到了赵老太太,她手里拿着一包月饼,正要到亲戚家去。一见了冯二成子,她连忙喊着女儿说:

"你快拿月饼给老冯吃。过节了,在外边的跑腿人,不要客气。"

说完了,赵老太太就走了。

冯二成子接过月饼在手里,他看那姑娘满身都穿了新衣裳,脸上涂着胭脂和香粉。因为他怕难为情,他想说一声谢谢也没说出来,回身就进了磨房。

磨房比平日更冷清了,小驴也没有拉磨,磨盘上供着一块黄色的牌位,上面写着"白虎神之位",燃了两根红蜡烛,烧着三炷香。

冯二成子迷迷昏昏地吃完月饼,靠着罗架站着,眼睛望着窗外的花园。他一无所思地往外看着,正这时又有了女人的笑声,并且这笑声是熟悉的,但不知这笑声是从哪方面来的,后花园还是隔壁?

他一回身,就看见了邻家的女儿站在大开着的门口。她的嘴是红的,她的眼睛是黑的,她的周身发着光辉,带着吸力。

他怕了,低了头不敢再看。

那姑娘自言自语地说:

"这儿还供着白虎神呢!"

说完,她的一个小同伴招呼着她就跑了。

冯二成子几乎要昏倒了,他坚持着自己,他睁大了眼睛,看一看是否在做梦。

这哪里是在做梦,小驴站在院子里吃草,上房还没有喝完酒的划拳的吵闹声仍还没有完结。他站到磨房外边,向着远处都看了一遍。远处的人家,有的在树林中,有的在白云中露着屋角,而附近的人家,就是同院子住着的也都恬静地在节日里边升腾着一种看不见的欢喜,流荡着一种听不见的笑声。

但冯二成子看着什么都是空虚的。寂寞的秋空的游丝,飞了他满脸,挂住了他的鼻子,绕住了他的头发。他用手把游丝揉擦断了,他还是往前看去。

他的眼睛充满了亮晶晶的眼泪,他的心中起了一阵莫名其妙的悲哀。

他羡慕在他左右跳着的活泼的麻雀，他妒恨房脊上咕咕叫的悠闲的鸽子。

他的感情软弱得像要瘫了的蜡烛似的。他心里想：鸽子你为什么叫？叫得人心慌！你不能不叫吗？游丝你为什么绕了我满脸？你多可恨！

恍恍惚惚他又听到那女孩子的笑声。

而且和闪电一般，那女孩子来到他的面前了，从他面前跑过去了，一转眼跑得无影无踪的。

冯二成子仿佛被卷在旋风里似的，迷迷离离地被卷了半天，而后旋风把他丢弃了。旋风自己跑去了，他仍旧是站在磨房外边。

从这以后，可怜的冯二成子害了相思病，脸色灰白，眼圈发紫，茶也不想吃，饭也咽不下，他一心一意地想着那邻家的姑娘。

读者们，你们读到这里，一定以为那磨房里的磨倌必得要和邻家女儿发生一点关系。其实不然的，后来是另外的一位寡妇。

世界上竟有这样谦卑的人，他爱了她，他又怕自己的身份太低，怕毁坏了她。他偷着对她寄托一种心思，好像他在信仰一种宗教一样。邻家女儿根本不晓得有这么一回事。

不久，邻家女儿来了说媒的，不久那女儿就出嫁了。

婆家来娶新媳妇的那天，抬着花轿子，打着锣鼓，吹着喇叭，就在磨房的窗外，连吹带打地热闹了起来。

冯二成子伏在梆子上，他闭了眼睛，一动也不动。

那边姑娘穿了大红的衣裳，搽了胭脂粉，满手抓着铜钱，被人抱上了轿子。放了一阵炮仗,敲了一阵铜锣,抬起轿子来走了。走得很远很远了,走出了街去,那打锣声只能咝咝啦啦听到一点。

冯二成子仍旧没有把头抬起,一直到那轿子走出几里路之外,就连被娶亲惊醒了的狗叫也都平静下去时,他才抬起头来。

那小驴蒙着眼罩静静地一圈一圈地在拉着空磨。他看一看磨眼上一点麦子也没有了,白花花的麦粉流了满地。

那女儿出嫁以后,冯二成子常常和老太太攀谈,有的时候还到老太太的房里坐一坐。他不知为什么总把那老太太当作一位近亲来看待,早晚相见时,总是彼此笑笑。

这样也就算了,他觉得那女儿出嫁了反而随便了些。

可是这样过了没多久,赵老太太也要搬家了,搬到女儿家去。

冯二成子帮着去收拾东西。在他收拾着东西时,他看见针线篓里有一个细小的白骨顶针。他想:这可不是她的?那姑娘又活跃跃地来到他的眼前。他看见了好几样东西,都是那姑娘的。刺花的围裙卷放在小柜门里,一团扎过了的红头绳子洗得干干净净的,用一块纸包着。他在许多乱东西里拾到这纸包,他打开一看,他问赵老太太,这头绳要放在哪里?老太太说:

"放在小梳头匣子里吧,我好给她带去。"

冯二成子打开了小梳头匣,他看见几根扣发针和一个假烧蓝翠的戒指仍放在里边。他嗅到一种梳头油的香气,他想这一定是那姑娘的,他把梳头匣关了。

他帮着老太太把东西收拾好,装上了车,还牵着拉车的大黑骡子上前去送了一程。

送到郊外，迎面的菜花都开了，满野飘着香气。老太太催他回去，他说他再送一程。他好像对着旷野要高歌的样子，他的胸怀像飞鸟似的张着，他面向着前面，放着大步，好像他一去就不回来的样子。

可是冯二成子回来的时候，太阳还正晌午。虽然是秋天了，没有夏天那么鲜艳，但是到处飘着香气。高粱成熟了，大豆黄了秧子，野地上仍旧是红的红，绿的绿。冯二成子沿着原路往回走。走了一程，他还转回身去，向着赵老太太走去的远方望一望，但是连一点影子也看不见了。

蓝天凝结得那么严酷，连一些皱折也没有，简直像是用蓝色纸剪成的。他用了他所有的目力，探究着蓝色的天边外，是否还存在着一点点黑点，若是还有一个黑点，那就是赵老太太的车子了。可是连一个黑点也没有，实在是没有的，只有一条白亮亮的大路，向着蓝天那边爬去，爬到蓝天的尽头，这大路只剩了窄狭的一条。

赵老太太这一去什么时候再能够见到，没有和她约定时间，也没有和她约定地方。他想顺着大路跑去，跑到赵老太太的车子前面，拉住大黑骡子，他要向她说：

"不要忘记了你的邻居，上城里来的时候可来看我一次。"

但是车子一点影也没有了，追也追不上了。

他转回身来，仍走他的归途，他觉得这回来的路，比去的时候不知远了多少倍。

他不知为什么这次送赵老太太，比送他自己的亲娘更难过。他想：人活着为什么要分别？既然永远分别，当初又何必认识！

人与人之间又是谁给造了这个机会？既然造了机会，又是谁把机会给取消了！

他越走他的脚越沉重，他的心越空虚，就在一个有树荫的地方坐下来。他往四方左右望一望，他望到的，都是在劳动着的，都是在活着，赶车的赶车，拉马的拉马，割高粱的人，满头流着大汗。还有的手被高粱秆扎破了，或是脚被扎破了，还泅泅地沁着血，而仍是不停地在割。他看了一看，他不能明白，这都是在做什么；他不明白，这都是为着什么。他想：你们那些手拿着的，脚踏着的，到了终归，你们是什么也没有的。你们没有了母亲，你们的父亲早早死了，你们该娶的时候，娶不到你们所想的；你们到老的时候，看不到你们的子女成人，你们就先累死了。

冯二成子看一看自己的鞋子掉底了，于是脱下鞋子用手提鞋子，站起来光着脚走，他越走越奇怪，本来是往回走，可是心越走越往远处飞。究竟飞到哪里去了，他自己也把握不定。总之，他越往回走，他就越觉得空虚。路上他遇上一些推手车的，挑担的，他都用了奇怪的眼光看了他们一下：

你们什么也不知道，你们只知道为你们的老婆孩子当一辈子牛马，你们都白活了，你们自己还不知道。你们要吃的吃不到嘴，要穿的穿不上身，你们为了什么活着，活得那么起劲！

他看见个卖豆腐脑的，搭着白布篷，篷下站着好几个人在吃。有的争着要多加点酱油，而那卖豆腐脑的偏偏给他加上几粒盐。卖豆腐脑的说酱油太贵，多加要赔本的，于是为着点酱油争吵了起来。冯二成子老远的就听他们在嚷嚷，他用斜眼看了那卖豆腐脑的：

"你这个小气人，你为什么那么苛刻，你都是为了老婆孩子！你要白白活这一辈子，你省吃俭用，到头你还不是个穷鬼！"

冯二成子这一路上所看到的几乎完全是这一类人。

他用各种眼光批评了他们。

他走了一会，转回身去看看远方，并且站着等了一会，好像远方会有什么东西自动向他飞来，又好像远方有谁在招呼着他。他几次三番地这样停下来，好像他侧着耳朵细听。但只有雀子的叫声从他头上飞过，其余没有别的了。

他又转身向回走，但走得非常迟缓，像走在荆蓁的草中。仿佛他走一步，被那荆蓁拉住过一次。

终于他全然没有了气力，全身和头脑。他找到一片小树林，他在那里伏在地上哭了一袋烟的工夫。他的眼泪落了一满树根。

他回想着那姑娘束了花围裙的样子，那走路的全身愉快的样子。他在想那姑娘是什么时候搬来的，他连一点印象也没有记住，他后悔他为什么不早点发现她，她的眼睛看过他两三次，他虽不敢直视过去，但他感觉得到，那眼睛是深黑的，含着无限情意的。他想到了那天早晨他与她站了个对面，那眼睛是多么大！那眼光是直逼他而来的。他一想到这里，他恨不得站起来扑过去。但是现在都完了，都去得无声无息的那么远了，也一点痕迹没有留下，也永久不会重来了。

这样广茫茫的人间，让他走到哪方面去呢？是谁让人如此，把人生下来，并不领给他一条路子，就不管他了。

黄昏的时候，他从地面上抓了两把泥土，他昏昏沉沉地站起来，仍旧得走着他的归路。他好像失了魂魄的样子，回到了磨房。

看一看罗架好好地在那儿站着，磨盘好好地在那儿放着，一切都没有变动。吹来的风依旧是凉爽的。从风车吹出来的麦皮仍旧在大簸子里盛着，他抓起一把放在手心上擦了擦，这都是昨天磨的麦子，昨天和今天是一点也没有变。他拿了刷子刷了一下磨盘，残余的麦粉冒了一阵白烟。这一切都和昨天一样，什么也没有变。耗子的眼睛仍旧是很亮很亮地跑来跑去。后花园静静的和往日里一样没有声音。上房里，东家的太太抱着孙儿和邻居讲话，讲得仍旧和往常一样热闹。担水的往来在井边，有谈有笑地放着大步往来地跑，绞着井绳的辘轳喀啦喀啦的大大方方地响着。一切都是快乐的，有意思的。就连站在槽子那里的小驴，一看冯二成子回来了，也表示欢迎似的张开大嘴来叫了几声。冯二成子走上前去，摸一摸小驴的耳朵，而后从草包取一点草撒在槽子里，而后又领着那小驴到井边去饮水。

他打算再工作起来，把小驴仍旧架到磨上，而他自己还是愿意鼓动着勇气打起梆子来。但是未能做到，他好像丢了什么似的，好像是被人家抢去了什么似的。

他没有拉磨，他走到街上来荡了半夜，二更之后，街上的人稀疏了，都回家去睡觉去了。

他经过靠着缝衣裳来过活的老王那里，看她的灯还未灭，他想进去歇一歇脚也是好的。

老王是一个三十多岁的寡妇，因为生活的忧心，头发白了一半了。

她听了是冯二成子来叫门,就放下了手里的针线来给他开门了。还没等他坐下,她就把缝好的冯二成子的蓝单衫取出来了,并且说着:

"我这两天就想要给你送去,为着这两天活计多,多做一件,多赚几个,还让你自家来拿……"

她抬头一看冯二成子的脸色是那么冷落,她忙着问:

"你是从街上来的吗?是从哪儿来的?"

一边说着一边就让冯二成子坐下。

他不肯坐下,打算立刻就要走,可是老王说:

"有什么不痛快的?跑腿子在外的人,要舒心坦意。"

冯二成子还是没有响。

老王跑出去给冯二成子买了些烧饼来,那烧饼还是又脆又热的,还买了酱肉。老王手里有钱时,常常自己喝一点酒,今天也买了酒来。

酒喝到三更,王寡妇说:

"人活着就是这么的,有孩子的为孩子忙,有老婆的为老婆忙,反正做一辈子牛马。年轻的时候,谁还不是像一棵小树似的,盼着自己往大了长,好像有多少黄金在前边等着。可是没有几年,体力也消耗完了,头发黑的黑,白的白……"

她给他再斟一盅酒。

她斟酒时,冯二成子看她满手都是筋络,苍老得好像大麻的叶子一样。

但是她说的话,他觉得那是对的,于是他把那盅酒举起来就喝了。

冯二成子把近日的心情告诉了她。他说他对什么都是烦躁的，对什么都没有耐性了。他所说的，她都理解得很好，接着他的话，她所发的议论也和他的一样。

喝过三更以后，冯二成子也该回去了。他站起来，抖搂一下他的前襟，他的感情宁静多了，他也清晰得多了，和落过雨后又复见了太阳似的，他还拿起老王在缝着的衣裳看看，问她一件夹袄的手工多少钱。

老王说："那好说，那好说，有夹袄尽管拿来做吧。"

说着，她就拿起一个烧饼，把剩下的酱肉通通夹在烧饼里，让冯二成子带着：

"过了半夜，酒要往上返的，吃下去压一压酒。"

冯二成子百般的没有要，开了门，出来了，满天都是星光。中秋以后的风，也有些凉了。

"是个月黑头夜，可怎么走！我这儿也没有灯笼……"

冯二成子说："不要，不要！"就走出来了。

在这时，有一条狗往屋里钻，老王骂着那狗：

"还没有到冬天，你就怕冷了，你就往屋里钻！"

因为是夜深了的缘故，这声音很响。

冯二成子看一看附近的人家都睡了。王寡妇也在他的背后闩上了门，适才从门口流出来的那道灯光，在闩门的声音里边，又被收了回去。

冯二成子一边看着天空的北斗星，一边来到小土坡前。那小土坡上长着不少野草，脚踏在上边，绒绒乎乎的。于是他蹲了双腿，试着用指尖搔一搔，是否这地方可以坐一下。

他坐在那里非常宁静，前前后后的事情，他都忘得干干净净，他心里边没有什么骚扰，什么也没有想，好像什么也想不起来了。晌午他送赵老太太走的那回事，似乎是多少年前的事情。现在他觉得人间并没有许多人，所以彼此没有什么妨害，他的心境自由得多了，也宽舒得多了，任着夜风吹着他的衣襟和裤脚。

他看一看远近的人家，差不多都睡觉了，尤其是老王的那一排房子，通通睡了，只有王寡妇的窗子还透着灯光。他看了一会，他又把眼睛转到另外的方向去，有的透着灯光的窗子，眼睛看着看着，窗子忽然就黑了一个，忽然又黑了一个，屋子灭掉了灯，竟好像沉到深渊里边去的样子，立刻消灭了。

而老王的窗子仍旧是亮的，她的四周都黑了，都不存在了，那就更显得她单独地停在那里。

"她还没有睡呢？"他想。

她怎么还不睡？他似乎这样想了一下。是否他还要回到她那边去，他心里很犹疑。

等他不自觉地又回到老王的窗下时，他终于敲了她的门。里边应着的声音并没有惊奇，开了门让他进去。

这夜，冯二成子就在王寡妇家里结了婚了。

他并不像世界上所有的人结婚那样：也不跳舞，也不招待宾客，也不到礼拜堂去，而也并不像邻家姑娘那样打着铜锣，敲着大鼓。但是他们庄严得很，因为百感交集，彼此哭了一遍。

第二年夏天，后花园里的花草又是那么热闹，倭瓜淘气地爬上了树了，向日葵开了大花，惹得蜂子成群地闹着，大菽茨、爬山虎、马蛇菜、胭粉豆，样样都开了花。耀眼的耀眼，散着香气的散着香气。年年爬到磨房窗棂上来的黄瓜，今年又照样地爬上来了；年年结果子的，今年又照样地结了果子。

唯有墙上的狗尾草比去年更为茂盛，因为今年雨水多而风少。园子里虽然是花草鲜艳，而很少有人到园子里来，是依然如故。

偶然园主的小孙女跑进来折一朵大菽茨花，听到屋里有人喊着：

"小春，小春……"

她转身就跑回屋去，而后把门又轻轻地闩上了。

算起来就要一年了，赵老太太的女儿就是从这靠着花园的厢房出嫁的。在街上，冯二成子碰到那出嫁的女儿一次，她的怀里抱着一个小孩。

可是冯二成子也有了小孩了。磨房里拉起了一张白布帘子来，帘子后边就藏着出生不久的婴孩和孩子的妈妈。

又过了两年，孩子的妈妈死了。

冯二成子坐在罗架上打筛罗时，就把孩子骑在梆子上。夏昼十分热了，冯二成子把头垂在孩子的腿上，打着瞌睡。

不久，那孩子也死了。

后花园经过了几度繁华，经过了几次凋零，但那大菽茨花它好像世世代代要存在下去的样子，经冬复历春，年年在园子里边开着。

园主人把后花园里的房子都翻了新了，只有这磨房连动也没动，说是磨房用不着好房子的，好房子也让筛罗"咚咚"地震坏了。

所以磨房的屋瓦,为着风吹,为着雨淋,一排一排地都脱了节。每刮一次大风,屋瓦就要随着风在半天空里飞走了几块。

夏昼,冯二成子伏在梆子上,每每要打瞌睡。他瞌睡醒来时,昏昏庸庸的他看见眼前跳跃着无数条光线,他揉一揉眼睛,再仔细看一看,原来是房顶露了天了。

以后两年三年,不知多少年,他仍旧在那磨房里平平静静地活着。

后花园的园主也老死了,后花园也拍卖了。这拍卖只不过给冯二成子换了个主人。这个主人并不是个老头,而是个年轻的、爱漂亮、爱说话的,常常穿了很干净的衣裳来磨房的窗外,看那磨倌怎样打他的筛罗,怎样摇他的风车。

(署名萧红,原载于1940年4月15至25日香港《大公报》及《学生界》)

小城三月

一

三月的原野已经绿了,像地衣那样绿,透出在这里、那里。郊原上的草,是必须转折了好几个弯儿才能钻出地面的,草儿头上还顶着那胀破了种粒的壳,发出一寸多高的芽子,欣幸地钻出了土皮。放牛的孩子在掀起了墙脚下面的瓦时,找到了一片草芽了,孩子们回到家里告诉妈妈,说:"今天草芽出土了!"妈妈惊喜地说:"那一定是向阳的地方!"抢根菜的白色的圆石似的籽儿在地上滚着,野孩子一升一斗地在拾着。蒲公英发芽了,羊咩咩地叫,乌鸦绕着杨树林子飞。天气一天暖似一天,日子一寸一寸的都有意思。杨花满天照地飞,像棉花似的。人们出门都是用手捉着,杨花挂着他了。

草和牛粪都横在道上,放散着强烈的气味。远远的有用石子打船的声音,"空空……"的大声传来。

河冰化了,冰块顶着冰块,苦闷地又奔放地向下流。乌鸦站在冰块上寻觅小鱼吃，或者是还在冬眠的青蛙。

天气突然热起来，说是"二八月，小阳春"，自然冷天气要来的，但是这几天可热了。春带着强烈的呼唤从这头走到那头……

小城里被杨花给装满了，在榆钱还没变黄之前，大街小巷到处飞着，像纷纷落下的雪块……

春来了。人人像久久等待着一个大暴动，今天夜里就要举行，人人带着犯罪的心情，想参加到解放的尝试……春吹到每个人的心坎，带着呼唤，带着蛊惑……

我有一个姨，和我的堂哥哥大概是恋爱了。

姨母本来是很近的亲属，就是母亲的姊妹。但是我这个姨，她不是我的亲姨，她是我的继母的继母的女儿。那么她可算与我的继母有点血统的关系了，其实也是没有的。因为我这个外祖母是在已经做了寡妇之后才来到我外祖父家，翠姨就是这个外祖母原来在另外一家所生的女儿。

翠姨生得并不是十分漂亮，但是她长得窈窕，走起路来沉静而且漂亮，讲起话来清楚地带着一种平静的感情。她伸手拿樱桃吃的时候，好像她的手指尖对那樱桃十分可怜的样子，她怕把它触坏了似的轻轻地捏着。假若有人在她的背后唤她一声，她若是正在走路，她就会停下了；若是正在吃饭，就要把饭碗放下，而后把头向着自己的肩膀转过去，而全身并不大转，于是她自觉地闭合着嘴唇，像是有什么要说而一时说不出来似的……

而翠姨的妹妹，忘记了她叫什么名字，反正是一个大说大笑的，不十分修边幅，和她的姐姐全不同。花的绿的，红的紫的，只要是市上流行的，她就不大加以选择，做起一件衣服来赶快就穿在身上。穿上了之后，到亲戚家去串门，人家恭维她的衣料怎样漂亮的时候，她总是说，和这完全一样的，还有一件，她给了她的姐姐了。

我到外祖父家去，外祖父家里没有像我一般大的女孩子陪着我玩，所以每当我去，外祖母总是把翠姨喊来陪我。

翠姨就住在外祖父的后院，隔着一道板墙，一招呼，听见就来了。

外祖父住的院子和翠姨住的院子，虽然只隔一道板墙，但是却没有门可通，所以还得绕到大街上去从正门进来。

因此有时翠姨先来到板墙这里，从板墙缝中和我打了招呼，而后回到屋去装饰一番，才从大街上绕了个圈来她母亲的家里。

翠姨很喜欢我。因为我在学堂里念书，而她没有，她想什么事我都比她明白。所以，她总是有许多事务同我商量，看看我的意见如何。

到夜里，我住在外祖父家里了，她就陪着我也住下。

每每睡下就谈，谈过了半夜，不知为什么总是谈不完……

开初谈的是衣服怎样穿，穿什么样的颜色，穿什么样的料子。比如走路应该快或是应该慢。有时，白天里她买了一个别针，到夜里她拿出来看看，问我这别针到底是好看或是不好看。

那时候，大概是十五年前的时候，我们不知城外如何装扮一个女子，而在这个城里，几乎个个都有一条宽大的绒绳结的披肩，蓝的紫的，各色的都有，但最多多不过枣红色的。几乎在街上所见的都是枣红色的大披肩了。

哪怕红的绿的那么多，但总没有枣红色的最流行。

翠姨的妹妹有一条，翠姨有一条，我的所有的同学，几乎每人都有一条。就连素不考究的外祖母的肩上也披着一条，只不过披的是蓝色的，没有敢用最流行的枣红色的就是了。因为她总算年纪大了一点，对年轻人让了一步。

还有那时候都流行穿绒绳鞋，翠姨的妹妹就赶快地买了穿上，因为她那个人很粗心大意，好坏她不管，只是人家有她也有，别人是人穿衣裳，而翠姨的妹妹就好像被衣服所穿了似的，芜芜杂杂。但永远合乎着应有尽有的原则。

翠姨的妹妹的那绒绳鞋，买来了，穿上了。在地板上跑着，不大一会儿工夫，那每只鞋脸上系着的一只毛球，竟有一个毛球已经离开了鞋子，向上跳着，只还有一根绳连着，不然就要掉下来了。很好玩的，好像一颗大红枣被系到脚上去了，因为她的鞋子也是枣红色的。大家都在嘲笑她的鞋子一买回来就坏了。

翠姨没有买，也许她心里边早已经喜欢了，但是看上去她都像反对似的，好像她都不接受。

她必得等到许多人都开始采办了，这时候，看样子她才稍稍有些动心。

好比买绒绳鞋，夜里她和我谈话问过我的意见，我也说是好看的，我有很多的同学她们也都买了绒绳鞋。

第二天，翠姨就要求我陪着她上街，先不告诉我去买什么，进了铺子选了半天别的，才问到我绒绳鞋。

走了几家铺子，都没有，都说是已经卖完了。我晓得店铺的人是这样瞎说的,表示他家这店铺平常总是最丰富的,只恰巧你要的这件东西,他就没有了。我劝翠姨说,咱们慢慢地走,别家一定会有的。

我们是坐马车从街梢上的外祖父家来到街中心的。

见了第一家铺子,我们就下了马车。不用说,马车我们已经是付过了价钱的。等我们买好了东西回来的时候,会另外叫一辆的,因为我们不知道要等多久。

大概看见什么好,虽然不需要也要买点;或是东西已经买全了,不必要再多留连,也要留连一会;或是买东西的目的,本来只在一双鞋,而结果鞋子没有买到,反而啰里啰唆地买回来许多用不着的东西。

这一天,我们辞退了马车,进了第一家店铺。

在别的大城市里没有这种情形,而在我家乡里往往是这样,坐了马车,虽然是付过了钱,让他自由去兜揽生意,但他常常还仍旧等候在铺子的门外。等一出来,他仍旧请你坐他的车。

我们走进第一个铺子,一问没有。于是就看了些别的东西,从绸缎看到呢绒,从呢绒再看到绸缎,布匹根本不看的,并不像母亲们进了店铺那样子。这个买去做被单,那个买去做棉袄的,因为我们管不了被单棉袄的事。母亲们一月不进店铺,一进店铺又是这个便宜应该买;那个不贵,也应该买。比方一块在夏天才用得着的花洋布,母亲们冬天里就买起来了,说是趁着便宜多买点,总是用得着的。而我们就不然了,我们是天天进店铺的,天天搜寻些个是好看的,是贵的值钱的,平常时候绝对的用不到想不到的。

那一天我们买了许多花边回来,钉着光片的,带着琉璃的。说不上要做什么样的衣服才配得着这种花边。也许根本没有想到做衣服,就贸然地把花边买下了。一边买着,一边说好,翠姨说好,我也说好。到后来,回到家里,当众打开了让大家批判,这个一言,那个一语,让大家说得也有点没有主意了,心里已经五六分空虚了。于是赶快地收拾了起来,或者从别人的手里夺过来,把它包起来,说她们不识货,不让她们看了。

勉强说着:"我们要做一件红金丝绒的袍子,把这个黑琉璃边镶上。"

或是:"这红的我们送人去……"

说虽仍旧如此说,心里已经八九分空虚了,大概是这些所心爱的,从此就不会再出头露面的了。

在这小城里,商店究竟没有多少,到后来又加上看不到绒绳鞋,心里着急,也许跑得更快些。不一会工夫,只剩了三两家了。而那三两家,又偏偏是不常去的,铺子小,货物少。想来它那里也是一定不会有的了。

我们走进一个小铺子里去,果然有三四双,非小即大,而且颜色都不好看。

翠姨有意要买,我就觉得奇怪,原来就不十分喜欢,既然没有好的,又为什么要买呢?让我说着,没有买成回家去了。

过了两天,我把买鞋子这件事情早就忘了。

翠姨忽然又提议要去买。

从此我知道了她的秘密,她早就爱上了那绒绳鞋了,不过她没有说出来就是了。她的恋爱的秘密就是这样子的。她似乎要把它带到坟墓里去,一直不要说出口,好像天底下没有一个人值得听她的倾诉……

在外边飞着漫天大雪,我和翠姨坐着马车去买绒绳鞋。我们身上围着皮褥子,赶车的车夫高高地坐在车夫台上,摇晃着身子,唱着沙哑的山歌:"喝咧咧……"耳边风呜呜地啸着,从天上倾下来的大雪,迷乱了我们的眼睛,远远的天隐在云雾里,我默默地祝福翠姨快快买到可爱的绒绳鞋,我从心里愿意她得救……

市中心远远地朦朦胧胧地站着,行人很少,全街静悄无声。我们一家挨一家地问着,我比她更急切,我想赶快买到吧,我小心地盘问着那些店员们,我从来不放弃一个细微的机会,我鼓励翠姨,没有忘记一家。使她都有点儿诧异,我为什么忽然这样热心起来。但是我完全不管她的猜疑,我不顾一切地想在这小城里面,找出一双绒绳鞋来。

只有我们的马车,因为载着翠姨的愿望,在街上奔驰得特别的清醒,又特别的快。雪下得更大了,街上什么人都没有了,只有我们两个人,催着车夫,跑来跑去。一直到天都很晚了,鞋子没有买到。翠姨深深地看着我的眼睛说:"我的命,不会好的。"我很想装出大人的样子,来安慰她,但是没有等到找出什么适当的话来,泪便流出来了。

二

翠姨以后也常来我家住着,是我的继母把她接来的。

因为她的妹妹订婚了,怕是她的家里并没有多少人,只有她的一个六十多岁的老祖父,再就是一个也是寡妇的伯母,带一个女儿。

堂妹妹本该在一起玩耍解闷的,但是因性格相差太远,一向是水火不同炉地过着日子。

她的堂妹妹,我见过,永久是穿着深色的衣裳,黑黑的脸,一天到晚陪着母亲坐在屋子里。母亲洗衣裳,她也洗衣裳;母亲哭,她也哭。也许她帮着母亲哭她死去的父亲,也许哭的是她们的家穷。那别人就不晓得了。

本来是一家的女儿,翠姨她们两姊妹却像有钱的人家的小姐,而那个堂妹妹,看上去却像乡下丫头。这一点,使她得到常常到我们家里来住的权利。

她的亲妹妹订婚了,再过一年就出嫁了。在这一年中,妹妹大大地阔气了起来,因为婆家那方面一订了婚就送来了聘礼。这个城里,从前不用大洋票,而用的是广信公司出的帖子,一百吊一千吊地论。她妹妹的聘礼大概是几万吊,所以她忽然不得了起来,今天买这样,明天买那样,花别针一个又一个的,丝头绳一团一团的,带穗的耳坠子、洋手表,样样都有了。每逢上街的时候,她和她姐姐一道,现在总是她付车钱了。她的姐姐要付,她却百般的不肯,有时当着人面,姐姐一定要付,妹妹一定不肯,结果闹得很窘,姐姐无形中觉得一种权利被人剥夺了。

但是关于妹妹的订婚,翠姨一点也没有羡慕的心理。妹妹未来的丈夫,她是看过的,没有什么好看,很高,穿着蓝袍子黑马褂，好像商人，又像一个小土绅士。又加上翠姨太年轻了，想不到什么丈夫，什么结婚。

因此，虽然妹妹在她的旁边一天比一天丰富起来，妹妹是有钱了，但是妹妹为什么有钱的，她没有考察过。

所以当妹妹尚未离开她之前，她绝对没有重视"订婚"的事。

不过她常常感到寂寞。她和妹妹出来进去的，因家庭环境孤寂，竟好像一对双生子似的。而今去了一个，不但翠姨自己觉得单调，就是她的祖父也觉得她可怜。

所以自从她的妹妹嫁了人，她就不大回家，总是住在她母亲的家里。有时我的继母也把她接到我们家里。

翠姨非常聪明，她会弹大正琴，就是前些年所流行在中国的一种日本琴。她还会吹箫或是会吹笛子。不过弹那琴的时候却很多。住在我家里的时候，我家的伯父，每在晚饭之后必同我们玩这些乐器的。笛子、箫、日本琴、风琴、月琴，还有什么打琴。真正的西洋的乐器，可一样也没有。

在这种正玩得热闹的时候，翠姨也来参加了。翠姨弹了一个曲子，和我们大家立刻就配合上了。于是大家都觉得在我们那已经天天闹熟了的老调子之中，又多了一个新的花样。于是立刻我们就加倍的努力，正在吹笛子的把笛子吹得特别响，把笛膜震动得似乎就要爆炸了似的，滋滋地叫着。十岁的弟弟在吹口琴，他摇着头，好像要把那口琴吞下去似的，至于他吹的是什么调子，已经是没有人留意了。在大家忽然来了勇气的时候，似乎只需要这种胡闹。

而那按风琴的人，因为越按越快，到后来也许是已经找不到琴键了，只是那踏脚板越踏越快，踏得呜呜地响，好像有意要毁坏了那风琴，而想把风琴撕裂了一般的。

大概所奏的曲子是《梅花三弄》，也不知道接连地弹过了多少圈，看大家的意思都不想停下来。不过到了后来，实在是气力没有了，找不着拍子的找不着拍子，跟不上调的跟不上调，于是在大笑之中，大家停下来了。

不知为什么，在这么快乐的调子里边，大家都有点伤心，也许是乐极生悲了，把我们都笑得流着眼泪，一边还笑。

正在这时候，我们往门窗处一看，我的最小的小弟弟，刚会走路，他也背着一个很大的破手风琴来参加了。

谁都知道，那手风琴从来也不会响的。把大家笑死了，在这回得到了快乐。

我的哥哥（伯父的儿子，钢琴弹得很好）吹箫吹得最好，这时候他放下了箫，对翠姨说："你来吹吧！"翠姨却没有言语，站起身来，跑到自己的屋子去了，我的哥哥好久好久地看着那帘子。

三

翠姨在我家，和我住一个屋子。月明之夜，屋子照得通亮。翠姨和我谈话，往往谈到鸡叫，觉得也不过刚刚才半夜。鸡叫了，才说："快睡吧，天亮了。"

有的时候，一转身，她又问我：

"是不是一个人结婚太早不好，或许是女孩子结婚太早是不好的!"

我们以前谈了很多话,但没有谈到这些。

总是谈什么衣服怎样穿,鞋子怎样买,颜色怎样配;买了毛线来,这毛线应该打个什么样的花纹;买了帽子来,应该批判这帽子还微微有缺点,这缺点究竟在什么地方,虽然说是不要紧,或者是一点关系也没有,但批评总是要批评的。

有时再谈得远一点,就表姊表妹之类订了婆家,或什么亲戚的女儿出嫁了,或是什么耳闻的、听说的,新娘子和新姑爷闹别扭之类。

那个时候,我们的县里早就有了洋学堂了。小学好几个,大学没有。只有一个男子中学,往往成为谈论的目标。谈论这个,不单是翠姨,外祖母、姑姑、姐姐之类,都愿意讲究这当地中学的学生。因为他们一切洋化,穿着裤子,把裤腿卷起来一寸;一张口,"格得毛宁"外国语,他们彼此一说话就"答答答"(俄语,意为是的,对的),听说这是什么俄国话。而更奇怪的是他们见了女人不怕羞。这一点,大家都批评说是不如从前了,从前的书生,一见了女人脸就红。

我家算是最开通的了。叔叔和哥哥他们都到北京和哈尔滨那些大地方去读书了,他们开了不少的眼界。回到家里来,大讲他们那里都是男孩子和女孩子同学。

这一题目,非常的新奇,开初都认为这是造了反。后来因为叔叔也常和女同学通信,因为叔叔在家庭里是有点地位的人。并且父亲从前也加入过国民党,革过命,所以这个家庭都"咸与维新"起来。

因此在我家里，一切都是很随便的，逛公园，正月十五看花灯，都是不分男女，一齐去。

而且我家里设了网球场，一天到晚打网球，亲戚家的男孩子来了，我们也一齐打。

这都不谈，仍旧来谈翠姨。

翠姨听了很多的故事。关于男学生结婚的事情，就是我们本县里，已经有几件事情不幸的了。有的结婚了，从此就不回家了；有的娶来了太太，把太太放在另一间屋子里住着，而自己却永久住在书房里。

每逢讲到这些故事时，多半别人都是站在女的一边，说那男子都是念书念坏了，一看了那不识字的又不是女学生之类就生气，觉得处处都不如他，天天总说婚姻不自由。可是自古至今，都是爹许娘配的，偏偏到了今天，都要自由。看吧，这还没有自由呢，就先来了花头故事了，娶了太太的不回家，或是把太太放在另一个屋子里。这些都是念书念坏了的。

翠姨听了许多别人家的评论。大概她心里边也有些不平，她就问我不读书是不是很坏的，我自然说是很坏的。而且她看了我们家里男孩子、女孩子通通到学堂去念书的。而且我们亲戚家的孩子也都是读书的。

因此她对我很佩服，因为我是读书的。

但是不久，翠姨就订婚了。就是她妹妹出嫁不久的事情。

她的未来的丈夫，我见过，在外祖父的家里。人长得又矮又小，穿一身蓝布棉袍子，黑马褂，头上戴一顶赶大车的人所戴的四耳帽子。

当时翠姨也在的,但她不知道那是她的什么人,她只当是哪里来了这样一位乡下的客人。外祖母偷着把我叫过去,特别告诉了我一番,这就是翠姨将来的丈夫。不久翠姨就很有钱,她丈夫的家里,比她妹妹丈夫的家里还更有钱得多。婆婆也是个寡妇,守着个独生的儿子。儿子才十七岁,是在乡下的私学馆里读书。

翠姨的母亲常常替翠姨解说,人小点不要紧,岁数还小呢,再长上两三年两个人就一般高了。劝翠姨不要难过,婆家有钱就好的。聘礼的钱十多万都交过来了,而且就由外祖母的手亲自交给了翠姨;而且还有别的条件保障着,那就是说,三年之内绝对不准娶亲,借着男的一方面年纪太小为辞,翠姨更愿意远远地推着。

翠姨自从订婚之后,是很有钱的了,什么新样子的东西一到,虽说不是一定抢先去买了来,总是过了不多久,箱子里就要有的了。那时候夏天最流行银灰色市布大衫,而翠姨穿起来最好,因为她有好几件,穿过两次不新鲜就不要了,就只在家里穿,而出门就又去做一件新的。

那时候正流行着一种长穗的耳坠子,翠姨就有两对:一对红宝石的,一对绿的。而我的母亲才能有两对,而我才有一对。可见翠姨是顶阔气的了。

还有那时候就已经开始流行高跟鞋了。可是在我们本街上却不大有人穿,只有我的继母早就开始穿,其余就算是翠姨。并不是一定因为我的母亲有钱,也不是因高跟鞋一定贵,只是女人们没有那么摩登的行为,或者说她们不很容易接受新的思想。

小说Ⅳ | 213

翠姨第一天穿起高跟鞋来，走路还很不安定，但到第二天就比较习惯了。到了第三天，就说以后，她就是跑起来也是很平稳的。而且走路的姿态更加可爱了。

我们有时也去打网球玩玩，球撞到她脸上的时候，她才用球拍遮了一下，否则她半天也打不到一个球。因为她一上了场，站在白线上就是白线上，站在格子里就是格子里，她根本不动。有的时候她竟拿着网球拍子站着一边去看风景去了。尤其是大家打完了网球，吃东西的吃东西去了，洗脸的洗脸去了。唯有她一个人站在短篱前面，向着远远的哈尔滨市影痴望着。

有一次我同翠姨一同去做客。我继母的族中娶媳妇。她们是八旗人，也就是满族人。满族人讲究场面，所有的族中的年轻的媳妇都必得到场，而且个个打扮得如花似玉。似乎咱们中国的社会，是没这么繁华的社交的场面的，也许那时候，我是小孩子，把什么都看得特别繁华。就只说女人们的衣服吧，个个都穿得和现在西洋女人在夜总会里边那么庄严，一律都穿着绣花大袄。而她们是八旗人，大袄的襟下一律地没有开口，而且很长。大袄的颜色枣红的居多，绛色的也有，玫瑰紫色的也有。而那上边绣的花色，有的荷花，有的玫瑰，有的松竹梅，一句话，特别的繁华。

她们的脸上，都搽着白粉，她们的嘴上都染得桃红。

每逢一个客人到了门前，她们是要列着队出来迎接的，她们都是我的舅母，一个一个地上前来问候了我和翠姨。

翠姨早就熟识她们的，有的叫表嫂子，有的叫四嫂子。而在我，她们就都是一样的，好像小孩子的时候，所玩的用花纸剪的纸人,这个和那个都是一样,完全没有分别。都是花缎袍子,都是白白的脸,都是很红的嘴唇。

就是这一次,翠姨出了风头了,她进到屋里,靠着一张大镜子旁坐下了。女人们就忽然都上前来看她,也许她从来没有这么漂亮过,今天把别人都惊住了。依我看,翠姨还没有她从前漂亮呢,不过她们说翠姨漂亮得像棵新开的蜡梅。翠姨从来不搽胭脂,而那天又穿了一件为着将来做新娘子而准备的蓝色缎子满是金花的夹袍。

翠姨让她们围起看着,难为情了起来,站起来想要逃掉似的,迈着很勇敢的步子,茫然地往里边的房间里闪开了。

谁知那里边就是新房呢,于是许多的嫂嫂就哗然地叫着,说:"翠姐姐不要急,明年就是个漂亮的新娘子,现在先试试去。"

当天吃饭饮酒的时候,许多客人从别的屋子来呆呆地望着翠姨。翠姨举着筷子,似乎是在思量着,保持着镇静的态度,用温和的眼光看着她们,仿佛她不晓得人们专门在看着她似的。但是别的女人们羡慕了翠姨半天了,脸上又都突然冷落起来,觉得有什么话要说,又都没有说,然后彼此对望着,笑了一下,吃菜了。

四

有一年冬天,刚过了年,翠姨就来到了我家。

伯父的儿子——我的哥哥,就正在我家里。

我的哥哥,人很漂亮,很直的鼻子,很黑的眼睛,嘴也好看，头发也梳得好看，人很高，走路很爽快。大概在我们所有的家族中，没有这么漂亮的人物。

冬天，学校放了寒假，所以来我们家里休息。大概不久，学校开学就要上学去了。哥哥是在哈尔滨读书。

我们的音乐会，自然要为这新来的角色而开了。翠姨也参加的。

于是非常的热闹，比方我的母亲，她一点也不懂这行，但是她也列了席，她坐在旁边观看。连家里的厨子、女工，都停下了工作来望着我们，似乎他们不是听什么乐器，而是在看人。我们聚满了一客厅。这些乐器的声音，大概很远的邻居都可以听到。

第二天邻居来串门，就说：

"昨天晚上，你们家又是给谁祝寿？"

我们就说，是欢迎我们刚到的哥哥。因此，我们家是很好玩的，很有趣的。不久，就来到了正月十五看花灯的时节了。

我们家里自从父亲维新革命，总之在我们家里，兄弟姊妹，一律相待，有好玩的就一起玩，有好看的就一起去看。

伯父带着我们，哥哥、弟弟、姨……共八九个人，在大月亮地里往大街里跑去了。那路之滑，滑得不能站脚，而且高低不平。他们男孩子们跑在前面，而我们因为跑得慢就落了后。

于是那在前边的他们回头来嘲笑我们，说我们是小姐，说我们是娘娘，说我们走不动。

我们和翠姨早就连成一排向前冲去，但是，不是我倒，就是她倒，到后来还是哥哥他们一个一个地来扶着我们。说是扶着,未免太示弱了,也不过就是和他们连成一排向前进着。

不一会到了市里,满路花灯,人山人海。又加上狮子、旱船、龙灯、秧歌,闹得眼也花起来,一时也数不清多少玩意儿,哪里会来得及看,似乎只是在眼前一晃就过去了。而一会儿别的又来了,又过去了。其实也不见得繁华得多么不得了,不过觉得世界上是不会比这个再繁华的了。

商店的门前,点着那么大的火把,好像热带的大椰子树似的,一个比一个亮。

我们进了一家商店,那是父亲的朋友开的。他们很好地招待我们,茶、点心、橘子、元宵。我们哪里吃得下去,听到门外一打鼓,就心慌了。而外边鼓和喇叭又那么多,一阵来了,一阵还没有去远,一阵又来了。

因为城本来是不大的,有许多熟人也都是来看灯的,都遇到了。其中我们本城里的在哈尔滨念书的几个男学生,他们也来看灯了。哥哥都认识他们,我也认识他们,因为这时候我到哈尔滨念书去了,所以一遇到了我们,他们就和我们在一起。他们出去看灯,看了一会,又回到我们的地方,和伯父谈话,和哥哥谈话。我晓得他们,因我们家比较有势力,他们是很愿和我们讲话的。

所以回家的一路上,又多了两个男孩子。

不管人讨厌不讨厌,他们穿的衣服总算都市化了。个个都穿着西装,戴着呢帽,外套都是到膝盖的地方,脚下很利落清爽。比起我们城里的那种怪样子的外套,好像大棉袍子似的,好看得多了。而且颈间又都束着一条围巾来,人就更显得庄严、漂亮。

翠姨觉得他们个个都很好看。

哥哥也穿的西装,自然哥哥也很好看。因此在路上她一直在看哥哥。

翠姨梳头梳得是很慢的,必定梳得一丝不乱,搽粉也要搽了洗掉,洗掉再搽,一直搽到认为满意为止。花灯节的第二天早晨,她就梳得更慢,一边梳头一边在思量。本来按规矩每天吃早饭必得三请两请才能出席,今天必得请到四次,她才来了。

我的伯父当年也是一位英雄,骑马、打枪绝对的好。后来虽然已经五十岁了,但是风采犹存。我们都爱伯父的,伯父从小也就爱我们。诗、词、文章,都是伯父教我们的。翠姨住在我们家里,伯父也很喜欢翠姨。今天早饭已经开好了,催了翠姨几次,翠姨总是不出来。

伯父说了一句:"林黛玉……"

于是我们全家的人都笑了起来。

翠姨出来了,看见我们这样的笑,就问我们笑什么,我们没有人肯告诉她。翠姨知道一定是笑的她,她就说:

"你们赶快告诉我,若不告诉我,今天我就不吃饭了。你们读书识字,我不懂,你们欺侮我……"

闹嚷了很久,是我的哥哥讲给她听了。伯父当着自己的儿子面前到底有些难为情,喝了好些酒,总算是躲过去了。

翠姨从此想到了念书的问题,但是她已经二十岁了,哪里去念书?上小学,没有她这样大的学生,上中学,她是一字不识,怎么可以?所以仍旧住在我们家里。

弹琴、吹箫、看纸牌，我们一天到晚地玩着。我们玩的时候，全体参加，我的伯父，我的哥哥，我的母亲。

翠姨对我的哥哥没有什么特别的好，我的哥哥对翠姨就像对我们，也是完全的一样。

不过哥哥讲故事的时候，翠姨总比我们留心听些，那是因为她的年龄稍稍比我们大些，当然在理解力上，比我们更接近一些哥哥的了。哥哥对翠姨比对我们稍稍客气一点。他和翠姨说话的时候，总是"是的""是的"的，而和我们说话则"对啦""对啦"。这显然因为翠姨是客人的关系，而且在名分上比他大。

不过有一天晚饭之后，翠姨和哥哥都没有了。每天饭后大概总要开个音乐会的。这一天，也许因为伯父不在家，没有人领导的缘故，大家吃过也就散了，客厅里一个人也没有。我想找弟弟和我下一盘棋，弟弟也不见了。于是我就一个人在客厅里按起风琴来，玩了一下，也觉得无趣。客厅静得很，在我关上了风琴盖子之后，我就听见了在后屋里，或者在我的房子里是有人的。

我想一定是翠姨在屋里。快去看看她，叫她出来张罗着看纸牌。

我跑进去一看，不单是翠姨，还有哥哥陪着她。

看见了我，翠姨就赶快地站起来说：

"我们去玩吧。"

哥哥也说：

"我们下棋去，下棋去。"

他们出来陪我来玩棋，这次哥哥总是输，从前是他回回赢

小说 Ⅳ | 219

我。我觉得奇怪，但是心里高兴极了。

不久寒假终了，我就回到哈尔滨的学校念书去了。可是哥哥没有同来，因为他上半年生了点病，曾在医院里休养了一些时候，这次伯父主张他再请两个月的假，留在家里。

以后家里的事情，我就不大知道了，都是由哥哥或母亲讲给我听的。我走了以后，翠姨还住在我家里。

后来母亲告诉过，就是在翠姨还没有订婚之前，有过这样一件事情。我的族中有一个小叔叔，和哥哥一般大的年纪，说话口吃，没有风采，也是和哥哥在一个学校里读书。虽然他也到我们家里来过，但怕翠姨没有见过。那时外祖母就主张给翠姨提婚。那族中的祖母一听就拒绝了，说是寡妇的孩子，命不好，也怕没有家教，何况父亲死了，母亲又出嫁了，好女不嫁二夫郎，这种人家的女儿，祖母不要。但是我母亲说，辈分合，他家还有钱，翠姨过门是一品当朝的日子，不会受气的。

这件事情翠姨是晓得的，而今天又见了我的哥哥，她不能不想哥哥大概是那样看她的。她自觉地觉得自己的命运不会好的。现在翠姨自己已经订了婚，是一个人的未婚妻；二则她是出了嫁的寡妇的女儿，她自己一天把这背了不知有多少遍，她记得清清楚楚。

五

翠姨订婚，转眼三年了，正这时，翠姨的婆家，通了消息来，张罗要娶。她的母亲来接她回去整理嫁妆。

翠姨一听就得病了。

但没有几天，她的母亲就带着她到哈尔滨办嫁妆去了。

偏偏那带着她采办嫁妆的向导，又是哥哥介绍来的他的同学。他们住在哈尔滨的秦家岗上，风景绝佳，是洋人最多的地方。那男学生们的宿舍里边，有暖气、洋床。翠姨带着哥哥的介绍信，像一个女同学似的被他们招待着。又加上已经学了俄国人的规矩，处处尊重女子。所以翠姨当然受了他们不少的尊敬，请她吃大菜，请她看电影。坐马车的时候，上车让她先上；下车的时候，人家扶她下来。她每一动别人都为她服务。外套一脱，就接过去了；她刚一表示要穿外套，就给她穿上了。

不用说，买嫁妆她是不痛快的，但那几天，她总算是一生中最开心的时候。

她觉得到底是读大学的人好，不野蛮，不会对女人不客气，决不会像她的妹夫常常打她的妹妹。

经这到哈尔滨去一买嫁妆，翠姨就不愿意出嫁了。她一想那个又丑又小的男人，她就恐怖。

她回来的时候，母亲又接她到我们家来住着，说她的家里又黑又冷，说她太孤单可怜。我们家是一团和气的。

到了后来，她的母亲发现她对于出嫁太不热心，该剪裁的衣裳，她不去剪裁；有一些零碎还要去买的，她也不去买。做母亲的总是常常要加以督促，后来就要接她回去，接到她的身边，好随时提醒她。她的母亲以为年轻的人必定要随时提醒的，不然总是贪玩。何况出嫁的日子又不远了，或者就是二三月。

想不到外祖母来接她的时候，她从心里不肯回去，她竟很勇敢地提出来她要读书的要求。她说她要念书,她想不到出嫁。

开初外祖母不肯,到后来,她说若是不让她读书,她是不出嫁的。外祖母知道她的心情,而且想起了很多可怕的事情……外祖母没有办法,依了她。给她在家里请了一位老先生,就在自己家院子的空房子里边摆上了书桌,还有几个邻居家的姑娘,一齐念书。

翠姨白天念书,晚上回到外祖母家。

念了书,不多日子,人就开始咳嗽,而且整天的闷闷不乐。她的母亲问她,有什么不如意?陪嫁的东西买得不顺心吗?或者是想到我们家去玩吗?什么事都问到了。

翠姨摇着头不说什么。

过了一些日子,我的母亲去看翠姨,带着我的哥哥,他们一看见她,第一个印象,就觉得她苍白了不少。而且母亲断言,她活不久了。

大家都说是念书累的,外祖母也说是念书累的,没有什么要紧的。要出嫁的女儿们,总是先前瘦的,嫁过去就要胖了。

而翠姨自己则点点头,笑笑,不承认,也不加以否认。还是念书,也不到我们家来了,母亲接了几次,也不来,回说没有工夫。

翠姨越来越瘦了,哥哥去到外祖母家看了她两次,也不过是吃饭、喝酒,应酬了一番,而且说是去看外祖母的。在这里,年轻的男子去拜访年轻的女子,是不可以的。哥哥回来也并不带回什么欢喜或是什么新奇的忧郁,还是一样和我们打牌下棋。

翠姨后来支持不了啦，躺下了，她的婆婆听说她病了，就娶她，因为花了钱，死了不是可惜了吗？这一种消息，翠姨听了病就更加严重。婆家一听她病重，立刻要娶她。因为在迷信中有这样一章：病新娘娶过来一冲，就冲好了。翠姨听了，就只盼望赶快死，拼命地糟蹋自己的身体，想死得越快一点儿越好。

母亲记起了翠姨，叫哥哥去看翠姨。是我的母亲派哥哥去的，母亲拿了一些钱让哥哥给翠姨送去，说是母亲送她在病中随便买点什么吃的。母亲晓得他们年轻人是很拘谨的，或者不好意思去看翠姨，也或者翠姨是很想看他的，他们好久不能看见了。同时翠姨不愿意出嫁，母亲很久就在心里猜疑着他们了。

男子是不好先去专访一位小姐的，这城里没有这样的风俗。母亲给了哥哥一件礼物，哥哥就可去了。

哥哥去的那天，她家里正没有人，只是她家的堂妹妹迎接着这从未见过的生疏的年轻的客人。那堂妹妹还没问清客人的来由，就往外跑，说是去找她们的祖父去，请他等一等。大概她想凡是男客就是来会祖父的。

客人只说了自己的名字，那女孩子连听也没有听就跑出了。

哥哥正想，翠姨在什么地方？或者在里屋吗？翠姨大概听出什么人来了，她就在里边说："请进来。"

哥哥进去了，坐在翠姨的枕边，他要去摸一摸翠姨的前额是否发热，他说：

"好了点吗？"

他刚一伸出手去，翠姨就突然拉住他的手，而且大声地哭起来了，好像一颗心也哭出来了似的。哥哥没有准备，就很害怕，不知道说什么，做什么。他不知道现在该是保护翠姨的地位，还是保护自己的地位。同时听得见外边已经有人来了，就要开门进来了。一定是翠姨的祖父。

翠姨平静地向他笑着，说：

"你来得很好，一定是姐姐，你的婶母告诉你来的，我心里永远纪念着她。她爱我一场，可惜我不能去看她了……我不能报答她了……不过我总会记起在她家里的日子的……她待我也许没有什么，但是我觉得已经太好了……我永远不会忘记的……我现在也不知道为什么，心里只想死得快一点就好，多活一天也是多余的……人家也许以为我是任性……其实是不对的。不知为什么，那家对我也会是很好的，但是我不愿意。我小时候，就不好，我的脾气总是，不从心的事，我不愿意……这个脾气把我折磨到今天了……可是我怎能从心呢……真是笑话……谢谢姐姐她还惦着我……请你告诉她，我并不像她想得那么苦，我也很快乐……"翠姨苦笑了一笑，"我的心里安静，而且我求的我都得到了……"

哥哥茫然不知道说什么。这时，祖父进来了。看了翠姨的热度，又感谢了我的母亲，对我哥哥的降临，感到荣幸。他说请我母亲放心吧，翠姨的病马上就会好的，好了就嫁过去。

哥哥看了看翠姨就退出去了，从此再没有看见她。

哥哥后来提起翠姨常常落泪，他不知翠姨为什么死，大家也都心中纳闷。

尾　声

等我到春假回来，母亲还当我说：

"要是翠姨一定不愿意出嫁，那也是可以的，假如他们当我面说。"

……

翠姨坟头的草籽已经发芽了，一掀一掀的和土粘成了一片，坟头显出淡淡的青色，常常会有白色的山羊跑过。

街上有提着筐子卖蒲公英的了，也有卖小根蒜的了。更有些孩子们，他们按着时节去折了那刚发芽的柳条，正好可以拧成哨子，就含在嘴里满街地吹。声音有高有低，因为哨子有粗有细。

大街小巷到处的呜呜呜，呜呜呜。好像春天是从他们的手里招呼回来了似的。

但是这为期甚短。一转眼，吹哨子的不见了。

接着杨花飞起来了，榆钱飘满了一地。

在我的家乡那里，春天是快的。五天不出屋，树发芽了，再过五天不看树，树长叶了，再过五天，这树就像绿得使人不认识它了。使人想，这棵树，就是前天的那棵树吗？自己回答自己：当然是的。春天就像跑着似的那么快。好像人能够看见似的，春天从老远的地方跑来了，跑到这个地方，只向人的耳朵吹一句小小的声音——"我来了呵"，而后很快地就跑过去了。

春，好像它不知道多么忙迫，好像无论什么地方都在招呼它。假若它晚到一刻,太阳会变色的,大地会干成石头,尤其是树木,那真是好像再多一刻工夫也不能忍耐。假若春天稍稍在什么地方流连了一下,就会误了不少的生命。

春天为什么它不早一点来,来到我们这城里多住一些日子,而后再慢慢地到另外的一个城里去,在另外一个城里也多住上一些日子。

但那是不能的了,春天的命运就是这么短。

年轻的姑娘们,她们三两成双,坐着马车,去选择衣料去了,因为就要换春装了。她们热心地弄着剪刀,打着衣样,想装成自己心中想得出的那么好。她们白天黑夜地忙着,不久春装换起来了,只是不见载着翠姨的马车来。

(署名萧红,原载于1941年7月1日香港《时代文学》第1卷第2期)